QUESTION DES B

par

DEVÈZE

PARIS
LIBRAIRIE DE GUILLAUMIN

V

RÉPONSE

ADRESSÉE A LA COMMISSION D'ENQUÊTE

SUR LA

QUESTION DES BANQUES

PAR

DEVÈZE

———————•———————

PARIS

LIBRAIRIE DE GUILLAUMIN ET Cᵉ

14, RUE RICHELIEU, 14

1865

RÉPONSE

ADRESSÉE A LA COMMISSION D'ENQUÊTE

SUR LA

QUESTION DES BANQUES

Je demande l'honneur de participer à la discussion ouverte sur la question des banques, en fournissant ce mémoire. Si je n'ai pas adopté l'ordre circonscrit des questions posées par la commission, c'est parce que l'étude que j'ai faite de ce sujet m'a porté à le considérer dans son ensemble pour en déduire une conclusion naturelle. J'ai néanmoins suivi le programme en examinant tour à tour le rôle de la monnaie, les crises, l'usage des billets fiduciaires et le fonctionnement de la Banque. C'est dans la pratique journalière des travaux de comptabilité et d'administration que j'ai puisé mes convictions. Loin de moi la pensée de m'ériger en conseiller; je me borne à soumettre quelques idées, et si quelques-unes d'entre elles paraissaient dignes d'être examinées, mon but serait atteint.

RÔLE DE LA MONNAIE MÉTALLIQUE.

On entend par *richesse* tout ce qui représente une valeur capitale, et l'argent ne peut en être considéré comme le signe absolu que par ceux qui thésaurisent ou le conservent jusqu'à ce qu'une occasion favorable se présente pour l'immobiliser ou le consommer. Les habitants d'un pays ne pouvant échanger directement entre eux les objets ou les services utiles à leur consommation, le commerce est né de cette nécessité d'avoir un intermédiaire qui facilite ces échanges en convertissant les choses suivant les besoins.

L'argent n'est qu'un signe conventionnel nécessaire pour la liquidation des transactions, qui sert d'appoint pour faciliter les échanges, et l'unité monétaire est l'étalon sur lequel se mesure la valeur des choses. L'argent est indispensable, mais son utilité étant relative, la quantité utile dans un pays varie en proportion du nombre des habitants, en proportion de l'activité des transactions et en proportion du prix conventionnel des choses.

Il suffit donc qu'une de ces causes fondamentales varie pour que le rapport qui existe entre l'argent et les besoins soit rompu ; dès lors il y a crise ou insuffisance du numéraire.

QUESTION n° 5. — Des causes qui ont agi depuis dix ans sur le cours des métaux précieux.

Depuis dix ans il s'est produit en France une transformation économique qui, sans avoir précisément rompu l'équilibre, a néanmoins changé le rapport qui existait autrefois. L'extension des relations avec les pays étrangers y a contribué en réclamant de nombreux envois d'espèces ; les grands travaux exécutés non-seulement en France, mais dans toute l'Europe, y ont fourni un aliment par le déplacement d'intérêts qui en est résulté ; mais la cause la plus essentielle est sans contredit l'accroissement du prix des choses. On ne saurait mieux caractériser cette pensée que par des exemples.

Autrefois on payait un ouvrier 2 francs par jour ; il fallait, le samedi, 12 francs pour sa paie. Si aujourd'hui

il gagne 3 francs, il faut 18 francs pour solder sa se-
maine.

Tel propriétaire vendait autrefois son vin 30 francs la
pièce; aujourd'hui il le vend 60 francs ou 100 francs.
N'est-il pas vrai qu'à l'instant où on le lui paye, il faille
plus d'argent?

Le fermier qui revient du marché ne rapporte-t-il pas
sa bourse plus pleine qu'autrefois?

Les chemins de fer, en rapprochant les distances, ont
contribué à l'extension des affaires et au développement
de la consommation; partout les besoins ont grandi; le
prix des subsistances s'est généralement élevé, et chacun
garde dans sa poche une somme d'autant plus grosse
que les besoins à satisfaire sont plus coûteux.

Il en est jusqu'aux épargnes qui doivent être d'autant
plus copieuses que leur destination a augmenté d'importance.

De ces réflexions il faut conclure que l'élévation du
niveau de la richesse a eu pour effet immédiat de raréfier
le numéraire en rendant son emploi plus grand et plus
fréquent. S'il est vrai que les recettes sont proportion-
nelles aux dépenses, et que, toute compensation faite,
l'équilibre se rétablit, on ne peut nier qu'à l'instant où
les opérations se soldent, il ne faille une plus grosse
somme qu'autrefois. Si, par exemple, le service qu'on se
procurait pour 100 francs réclame aujourd'hui 120 francs,
cela correspond bien à 20 pour 100 d'augmentation.
C'est donc comme si l'argent avait perdu 20 pour 100 de
sa valeur nominale.

Après les événements de 1848 le prix des denrées s'é-
tait tellement avili que le mouvement s'accomplit en
sens inverse : le numéraire devint si abondant que
plus de 600 millions s'accumulèrent dans les caves de la
Banque.

Tout ce qui précède peut être considéré comme la conséquence du courant ordinaire de notre civilisation et suffit à expliquer où est passée cette quantité énorme de métaux précieux que depuis dix ans nous avons reçue de l'étranger. On peut même ajouter que le niveau de la fortune publique s'est élevé plus rapidement que l'accroissement de notre richesse métallique; il suffit pour s'en convaincre de remarquer que, pendant cette période, la circulation fiduciaire de la Banque s'est considérablement augmentée.

DES CRISES EN GÉNÉRAL.

Mais d'autres circonstances peuvent apporter des perturbations passagères dans le rôle que joue la monnaie, ce sont les crises qui sont provoquées par des causes diverses. Nous laisserons de côté celles qui tiennent aux événements politiques qui ne sont que le fait de la peur. Celles qui sont les plus fréquentes sont motivées par l'élévation exagérée du prix des denrées coïncidant avec leur trop considérable agglomération.

Bien que certains économistes aient dit que la hausse ou la baisse de l'argent produisaient des effets inverses sur le cours des marchandises, l'examen attentif des faits semble au contraire indiquer que c'est l'argent qui subit a réaction suivant qu'il en faut en quantité plus ou moins grande pour les besoins des populations.

Quand il y a insuffisance de certains produits et principalement de ceux qui sont le plus utiles à la consommation journalière, on s'empresse d'aller chercher ce qui manque à l'étranger : le commerce, désuni dans son action et opérant des points les plus distants, achète aveuglément sans connaître l'importance du déficit à combler; chacun se hâte pour arriver à temps; les commerçants étrangers bien informés se mettent de la partie et font à leur tour des envois considérables. On finit ainsi par passer d'une extrémité à l'autre, de la disette on tombe dans l'abondance.

En attendant l'arrivage des produits étrangers, ceux du pays ont subi une grande hausse; les commerçants en ont profité pour réaliser à bénéfice leurs approvisionnements antérieurs, et c'est précisément cet excédant sur les réalisations obtenues qui fait qu'il n'y a pas de gêne dans les affaires.

Mais le rapport qui existe entre l'argent et le prix des denrées se dilate peu à peu; le public consommateur est chaque jour forcé d'employer une plus grosse somme pour satisfaire les mêmes besoins, et le numéraire devenant de plus en plus indispensable se répand avec plus de profusion dans les mains de tout le monde.

Arrivent en abondance les produits attendus de l'étranger, l'offre excède aussitôt la demande; le stock se grossit de jour en jour et s'entasse dans les magasins; augmenté des frais du transport, il arrive en hausse sur la hausse déjà faite: le commerce s'y jette à corps perdu et *remploie* dans ce moment inopportun les profits réalisés sur les ventes antérieures.

Alors il y a pléthore, la consommation se ralentit, ce qui reste invendu est l'objet de grands crédits, et ces crédits, qu'on le remarque, comportent en eux la hausse. Les escomptes deviennent plus fréquents et plus abondants: précisément il n'y a plus de capitaux disponibles puisqu'ils sont passés en supplément dans la consommation.

En présence de ces faits, la Banque qui a vu partir ses espèces et qui voit s'accroître sa circulation renchérit son escompte. Il est donc vrai que c'est la marchandise qui commande l'argent et non ce dernier qui est la cause des fluctuations.

Ces phénomènes économiques sont fréquents dans les colonies où l'on ne reçoit certains produits que d'Europe. Quand on apprend que, dans une contrée donnée, il y a disette, tout le monde y expédie ; l'Angleterre, la France, la Belgique, etc. On provoque ainsi une surabondance excessive. En attendant l'écoulement les magasinages, les frais et l'intérêt dévorent le capital ; comme on le prévoit on fait sacrifice et la baisse se produit avec une violence quelquefois inouïe. Les courriers rapportent en Europe ces fâcheuses nouvelles ; alors personne ne veut plus expédier et bientôt la disette revient dans la colonie. Aussi les banques y sont très-exposées. Si le peu de développement du crédit et conséquemment un plus grand besoin du numéraire rendent l'intérêt très-élevé, les risques de perte doivent entrer pour une large part dans cette cherté.

La question est si importante qu'on me pardonnera de citer d'autres exemples pour caractériser les effets pour ainsi dire pratiques que présentent les crises.

M. le comte de Germiny disait l'année dernière au Sénat que « à raison de 15 centimes le demi-kilogramme, la dé-
« pense du pain que fait la population de l'empire est de
« 5 millions 400,000 fr. par jour. Si le prix du pain s'é-
« lève de 0,01 par jour, la dépense augmente aussi par
« jour de 360,000 fr. Ce que la récolte n'a pas donné, il
« faut l'acheter, le payer à l'étranger souvent avec des
« espèces. Quelle peut donc être la proportion de ces
« achats ? Elle est commandée par l'insuffisance de la ré-
« colte, c'est-à-dire que, si l'on introduit, par exemple, 0,03
« de blé par tête de consommateur et par jour, l'expor-
« tation du numéraire, quand nos produits industriels
« ne sont par les balances du commerce acceptés en
« paiement, peut dépasser 1 million par journée. L'exacti-
« tude de ces calculs a été cent fois prouvée. De telles

« éventualités n'imposent-elles pas aussi le devoir de
« rester riche en numéraire. »

« Considérons maintenant ce qui se passe sous l'empire
d'un tel fait. Chaque consommateur étant obligé de faire
l'avance de 0,01 par jour, c'est aussi par jour 360,000 fr.
qu'il faut de plus à la circulation monétaire. Si dans la
pensée on suit la marche de ce numéraire, on voit que
passant par le boulanger et le meunier il va du consommateur au producteur et ce n'est réellement que lorsqu'il est dans la main de ce dernier qu'on peut dire qu'il
est rendu à la circulation parce que ce n'est qu'alors que
ce producteur devient à son tour consommateur d'autres
produits. Mais un tel circuit ne s'accomplit pas d'une façon subite, et pendant tout le temps qu'il dure, le public
fait chaque jour l'avance de 360,000 francs sans préjudice de ce qu'il faut exporter. Le vide se fait ainsi par
deux côtés.

Tout le monde ne va pas acheter son pain chez le boulanger, peut-on objecter aussi ; ce raisonnement est-il
sujet à réserve. Mais nous n'avons pas parlé du commerce qui prévoit la hausse, qui la provoque souvent
par ses écarts, et qui lance dans la circulation, en
échange des quantités qu'il emmagasine, un surcroît
qui peut être considérable de billets à payer. Ce supplément d'engagements comporte avec lui la hausse correspondante au centime par demi-kilogramme, et forme
un courant qui reflue naturellement vers la Banque ;
celle-ci n'a d'autre moyen d'y répondre qu'en augmen-
tant ses émissions. Ce n'est pas tout : le papier sur l'é-
tranger est alors recherché, le prix des changes s'élève,
et comme en ce cas nous donnons l'incertain pour le
certain, nous affaiblissons le pair intrinsèque de notre
monnaie.

Quelles perturbations ne s'ensuit-il pas, on le voit,

d'un fait en apparence si minime! Mais, comme dans les sociétés tout s'enchaîne, comme toutes les industries sont solidaires, les troubles que nous venons d'étudier réagissent sur les autres produits, et la crise se généralise.

Il y a des causes d'une nature différente qui peuvent encore troubler le marché monétaire, ce sont celles qui proviennent du manque de confiance générale, et pour lesquelles la politique joue le principal rôle. Sans rechercher l'exemple des révolutions qui ne sont que le brusque déchirement des liens de la société, il suffit qu'une guerre éclate entre deux peuples voisins, ou seulement que des complications la fassent craindre, aussitôt la peur s'empare de certains esprits et la confiance en est affectée. Les marchandises de première nécessité, telles que les subsistances, peuvent très-bien ne pas en éprouver de dépréciation sensible, parce que leur consommation en est assurée; mais il n'en est pas de même des produits d'une nature moins indispensable, et principalement de la fortune mobilière placée en rentes, actions, ou sous autre forme facultativement réalisable. Si les inquiétudes augmentent, tout le monde cherche à vendre, les uns par peur, les autres pour mieux se replacer, ou pour ne pas rester engagés. Alors la baisse peut prendre de grandes proportions, et les revenus, se capitalisant à un taux inférieur, il s'ensuit un renchérissement de l'intérêt, susceptible de réagir sur toutes les marchandises et tous les produits commerciaux.

C'est dans ce cas qu'il est juste de dire que l'argent acquiert plus de valeur, puisqu'il faut moins de capital pour un égal revenu.

Si les causes déterminantes d'un tel état de choses persistaient, elles finiraient à la longue par détériorer la richesse publique, et les revenus eux-mêmes s'en trouveraient amoindris ou affectés par le discrédit. Tel est le cas de certaines valeurs étrangères qui ne trouvent que difficilement preneur, malgré le taux élevé du revenu qu'elles promettent.

On conçoit facilement que de semblables circonstances n'engendrent pas de crise, mais bien le malaise général. C'est l'offre qui domine; tout tend au contraire à réaliser et à rendre les capitaux disponibles. Mais que les inquiétudes viennent à cesser, alors on se précipite sur les valeurs délaissées, on passe à l'exagération inverse, et le plus souvent on prépare les éléments d'une véritable crise. Heureusement que ces événements sont rares, car ils sont nuisibles à tout le monde ; les fluctuations qu'éprouvent ainsi les valeurs représentatives de la richesse rendent inégales les situations ; les débiteurs et les créanciers trouvent tour à tour perte et avantage dans la liquidation de leurs engagements. On peut dire à cela que la fortune ne fait que changer de main ; c'est vrai, mais cela n'en constitue pas moins un temps d'arrêt et une entrave apportée à cette aspiration qui nous fait rechercher un bien-être supérieur.

Quelquefois, à la suite d'une période de prospérité, il se produit une grande hausse dans les valeurs financières, et le public, qui d'ordinaire ne participe pas à ces opérations, détourne des capitaux du commerce ou de leur destination naturelle, pour entrer dans les valeurs, comme par exemple en 1856. Il arrive un instant, qui est le paroxysme de la hausse, où tous ceux qui ont acheté plus que leurs forces, ne peuvent prendre livraison ou revendre. Alors le marché se ralentit, puis il s'effondre, et la spéculation avisée précipite le mouvement en sens inverse, en prenant position à la baisse. Vient la liquidation. Non-seulement les capitaux détournés du commerce n'y peuvent plus rentrer, mais il en faut de nouveaux pour payer les différences. Alors il se crée fatalement un supplément de crédit, qui, sous l'apparence commerciale, n'est le plus souvent que le découvert des pertes subies.

Cela n'a pas une action directe sur la monnaie, puisqu'elle ne fait que changer de mains; mais l'action se produit au portefeuille de la banque, et subséquemment sur l'émission fiduciaire qui se disproportionne avec la caisse.

C'est l'histoire de ce qui se passa en 1856.

§ 2. — De la monnaie fiduciaire (QUESTION n°s 16 à 19).

Le crédit joue un rôle particulier dans les transactions commerciales. Les engagements à terme, pouvant être escomptés, ramènent dans la circulation des capitaux qui, sans ce secours, se trouveraient paralysés; mais, pour revivifier ainsi le crédit, il faut une certaine quantité de numéraire en outre de celui qui sert aux transactions de chaque jour, et si, par l'effet de circonstances fortuites, l'argent est utilisé en plus grande abondance par les besoins du comptant, il en reste d'autant moins de disponible pour l'escompte.

En somme, la quantité de numéraire utile dans un pays n'est soumise à aucune proportion ni à aucune règle fixe, le niveau s'établit de lui-même et dépend des faits les plus insaisissables, tels que les habitudes, les mœurs et le degré de bien-être des habitants. Quand il survient une hausse sur les produits mercantiles, les engagements du crédit étant créés en raison de cette élévation représentent un capital circulant, convertible en espèces, qui n'est plus en rapport avec la quantité de numéraire qui existait auparavant, et c'est en un mot pour subvenir à cette rareté qu'on a créé les billets fiduciaires. Il est évident qu'étant acceptés par tout le monde au même titre que la monnaie métallique, ces billets forment un élément compensateur d'une puissance considérable dont l'effet utile peut être mesuré. Cet effet doit être égal à l'accroissement du prix des choses, c'est-à-dire que, si on veut exprimer par le nombre 100 la quantité de monnaie qui circule dans un pays, et qu'on suppose que, par suite de circonstances particulières il se produise soudainement une hausse dans la valeur des marchandises qui puisse être comparée au 20e de la richesse métallique de ce pays, il manquera 5 0/0 de cette richesse, et c'est dans cette proportion qu'il faudra émettre des billets fiduciaires. On voit donc que l'appoint qu'il faut fournir à la circulation est réglé par les événements, et qu'il est au-dessus de la puissance humaine d'en déterminer les effets.

Tel est le rôle des banques de circulation et de la Banque de France en particulier. Comme on doit admettre qu'une certaine partie de notre numéraire est retirée de la circulation pour constituer l'épargne, le surplus est insuffisant aux transactions journalières, et la différence qui nous manque est fournie par les émissions de la Banque. C'est un état constant et permanent ; on peut en mesurer l'intensité par l'écart qui existe entre l'importance de ces émissions et l'encaisse que la Banque garde en réserve qui serait, bien entendu, répandu dans le pays sans cette circonstance. Cette étude pleine d'intérêt est l'objet des tableaux suivants :

TABLEAU indiquant quel a été pendant la crise l'appoint fiduciaire fourni à la circulation monétaire.

Date des bilans.	Portefeuille.	Espèces.	Billets en circulation.	Différence formant la somme de numéraire qui manquait à la circulation.	Taux de l'intérêt.
	millions.	millions.	millions.	millions.	
1863. 8 octobre.	619	272	821	549	5 0/0
12 novembre.	681	205	808	603	7 0/0
10 décembre.	638	213	755	542	»
1864. 14 janvier.	752	169	813	644	»
11 février.	706	183	775	592	»
10 mars.	642	196	747	551	»
14 avril.	644	219	760	541	6 0/0
12 mai.	684	243	767	524	8 0/0
9 juin.	577	295	725	430	6 0/0
30 —	677	278	767	489	»
7 juillet.	662	277	772	495	»
14 —	667	267	793	526	»
4 août.	616	277	787	510	»
8 septembre.	618	281	752	471	7 0/0
6 octobre.	607	268	751	483	»
13 —	619	250	754	504	8 0/0
3 novembre.	619	274	750	476	7 0/0
17 —	592	284	734	450	»
24 —	571	309	232	423	6 0/0
15 décembre.	587	352	739	387	5 0/0
22 —	562	364	721	357	4 1/2 0/0
29 —	597	360	726	366	»

Puisque nous avons abandonné l'ordre symétrique des questions posées par la Commission, disons de suite quelques mots concernant les avances sur gage et les chèques; nous reviendrons ensuite à la crise.

QUESTION n° 35. — Avances sur dépôt de titres.

La fortune publique se compose de deux éléments bien distincts : 1° les objets nécessaires à notre usage et que nous consommons en les payant, circonstance qui fait le gage de certitude des engagements du commerce ; 2° les

TABLEAU indiquant quel a été à diverses époques l'appoint fourni par les billets de banque à la circulation monétaire.

Dates.	Taux de l'intérêt.	Portefeuille.	Espèces en caisse.	Billets en circulation.	Différence formant l'appoint nécessaire.	Époques	Moyenne de la circulation.	Moyenne de l'encaisse.	Différence formant l'appoint nécessaire.
		millions	millions	millions	millions		millions	millions	millions
11 mai 1848	4 0/0	242	92	312	220	1807	91	75	16
10 — 1849	»	127	339	412	83	1817	82	64	18
10 — 1850	»	105	473	481	8	1827	188	157	31
15 — 1851	»	119	556	517	»	1837	204	180	24
13 — 1852	3 0/0	130	598	636	38	1847	262	125	137
12 — 1853	»	235	512	670	158	1848	403	185	218
11 — 1854	4 0/0	236	412	590	178	1849	431	350	81
10 — 1855	»	311	421	642	221	1850	479	447	32
8 — 1856	6 0/0	428	287	626	339	1851	583	554	29
14 — 1857	»	533	233	582	349	1852	618	570	48
14 — 1858	4 0/0	380	443	592	149	1853	662	413	249
12 — 1859	3 ½ 0/0	512	518	736	218	1854	618	647	»
10 — 1860	»	468	512	764	252	1855	644	321	323
9 — 1861	5 0/0	498	392	744	352	1856	628	329	299
8 — 1862	3 ½ 0/0	489	419	819	400	1857	589	230	359
15 — 1863	4 ½ 0/0	498	394	773	379	1858	621	422	199
12 — 1864	8 0/0	684	243	767	524	1859	712	575	137
						1860	748	496	252
						1861	752	346	416
						1862	813	376	437
						1863	802	301	501
						1864	780	237	543

titres fonciers, rentes, actions et autres contrats de propriété non consommables, donnant droit à des revenus et d'une nature essentiellement transmissible. Les avances qu'on peut faire sur ces rentes et actions ont donc le même caractère hypothécaire que si elles étaient faites sur des immeubles; autrement dit, elles en constituent une transmission plus ou moins partielle, ou, si on aime mieux, le prêteur se substitue à l'emprunteur pour exécuter la portion du contrat que ce dernier était dans l'impuissance d'accomplir lorsqu'il s'est engagé.

Si on voulait admettre l'existence d'un grand syndicat formé de tous les capitaux disponibles qui, sans rechercher ce genre de placement, se contenteraient de prêter sur le dépôt de ces titres, on voit d'un coup d'œil que l'équilibre financier n'en pourrait être troublé en quoi que ce soit, parce qu'il n'y aurait qu'une substitution pure et simple de propriétaires. Le syndicat n'aurait servi qu'à rapprocher des gens animés du même désir de se rencontrer.

Mais la chose n'est pas la même s'il se fonde une compagnie par actions avec cette même intention, et que, pour ne pas immobiliser son capital et pouvoir l'utiliser à d'autres opérations, cette compagnie fasse souscrire aux emprunteurs des billets escomptables. Ces engagements peuvent être fondés sur des espérances incertaines, peut-être même sur le revenu des titres déposés; enfin ils sont, par nature, d'une réalisation plus ou moins éventuelle; et comme on ne peut raisonner des choses humaines sans tenir compte des événements susceptibles parfois d'apporter une certaine désorganisation de la société, on doit admettre que, si des causes majeures venaient à altérer profondément la confiance, la réalisation de ces engagements pourrait alors devenir douteuse, et la situation de la compagnie devrait en être affectée. Il ressort du bilan de la Banque du 9 février dernier, que le total en avances était de 86 millions..... Supposons que ces 86 millions d'avances, au lieu d'avoir été prêtés par la Banque, aient été prêtés par une ou plusieurs compagnies de ce genre, et que ces dernières aient escompté ces 86 millions à la Banque. Le portefeuille comprendrait ces effets en plus de ceux qu'il possède déjà, et par contre les mêmes billets au porteur qui ont ont été émis contre le dépôt de titres auraient été émis contre l'escompte des billets à ordre. Il n'y aurait donc que la forme qui serait changée, mais en fait la situation serait la même. Supprimons les intermédiaires, que voyons-nous au fond? Au pôle positif des compagnies industrielles, au pôle négatif des billets de banque en circulation. En d'autres termes, que la main, en apparence, responsable qui a versé effectivement le capital le jour où il a été demandé, a fait ce versement aux dépens du public et en a réclamé le remboursement à la confiance générale qui admet la circulation des billets de banque.

Voilà donc au fond ce qu'est l'avance sur gage, l'emprunt élevé à la deuxième puissance : si ce n'est un danger ni une erreur, c'est au moins quelque chose qui peut laisser dans l'esprit une vague inquiétude ; c'est déjà assez qu'on fasse appel au crédit pour fonder les entreprises, et un scrupule de défiance ou un excès de prudence, si on aime mieux, peut porter bien des esprits sérieux à souhaiter qu'en outre de ces appels, on ne vienne pas encore répandre dans le public, sous la forme fiduciaire des engagements entachés dans leur essence, du doute sur la ponctualité de leur exécution.

Dans l'état actuel la Banque prête directement ; elle est le premier endosseur des billets au porteur qu'elle émet. S'il existait entre elle et l'emprunteur une compagnie intermédiaire, elle deviendrait second endosseur. Mais, dans la supposition extrême d'événements susceptibles de compromettre la confiance, elle perdrait le bénéfice de la possession du gage hypothécaire.

Dans le premier exemple, nous avons supposé des capitaux oisifs recherchant directement des emprunteurs ; dans le second exemple, nous voyons que ces mêmes capitaux ayant servi à constituer une compagnie intermédiaire sont devenus un fonds d'assurance qui court des risques de natures diverses au nombre desquels est le prêt hypothécaire. Après cette définition, il serait surabondant de discuter les projets de banque hypothécaire avec émission spéciale. Il arriverait que cette dernière institution serait tout simplement substituée à l'action de la Banque de France ; la forme seule changée : prendrait qui voudrait les billets hypothécaires.

La commission a demandé quels sont les avantages ou les inconvénients des avances sur dépôt : là doit se borner l'étude ; la commission approfondira ces réflexions et en déduira elle-même les conclusions.

Quand on voit que les opérations soldées à la Banque par voie de virement atteignent 14 ou 15 milliards par an, on doit convenir que le public trouve une grande commodité à ce genre particulier de compensation. Si on pouvait descendre jusqu'à l'observation des moyens pratiques, on y verrait peut-être que bien des virements souscrits à l'ordre de la Banque sont, en réalité, un prêt pour la journée seulement. En cela, ils ne sont qu'un moyen de trésorerie qui explique jusqu'à un certain point la fréquence de leur emploi. Tout en constatant leur grande utilité, il faut convenir aussi qu'ils ne sont possibles que pour un certain public, et que l'impossibilité pour tout le monde d'avoir un compte à la Banque forme une barrière à leur émancipation.

Les chèques ne sont pas autre chose que des virements, mais d'une source différente. L'un et l'autre ne constituent qu'un moyen commode de comptabilité, l'énoncé pur et simple du transfert d'une créance. On ne doit considérer comme instrument de crédit que tout engagement portant terme et délai pour son exécution. Or, le chèque ne remplit pas cette condition, puisqu'il est basé sur l'existence préalable d'une provision. Celui qui laisse des fonds chez son banquier ne profite d'aucun crédit, bien au contraire, et lorsque pour liquider une dette, il transfère tout ou partie de cette provision, celui qui reçoit un chèque n'est pas plus avancé que si on lui donnait des espèces. Loin de là, il faut qu'il perde son temps à un second recouvrement. C'est là un des plus sérieux obstacles au développement de l'emploi du chèque.

Il est bon d'aller chercher des exemples chez les autres nations, mais on ne peut se les approprier qu'autant qu'ils ne vont pas à l'encontre des préjugés et des coutumes déjà admises. Le caractère y est aussi pour quelque chose. Les Français sont vifs, il leur faut des moyens prompts et expéditifs.

Au point de vue du transport des espèces d'un lieu à un autre, l'utilité du chèque est incontestable, mais il n'est en ce cas que la substitution pure et simple du mandat non acceptable, autrefois affranchi du droit du timbre.

Si son usage se répandait et que la condition de sa transmissibilité au porteur le fît rester dans la circulation un certain temps, pendant tout ce temps il remplirait l'office de monnaie de papier, en ce cas, le service utile serait acheté aux dépens de la concurrence qu'il ferait à l'argent et au billet de banque; aussi doit-on louer la sagesse des dispositions légales qui renferment le chèque dans d'étroites limites.

En résumé, il est à craindre que ceux qui voient dans cette innovation un moyen de développer le crédit se leurrent d'une vaine espérance. L'avenir décidera.

QUESTION n° 12. — Des valeurs étrangères.

Bien assurément que, si des capitaux français sont allés commanditer des entreprises étrangères, c'est aux dépens de l'initiative nationale.

Il est certain qu'après avoir épuisé les moyens ordinaires des lettres de change on a dû recourir aux exportations de numéraire ce qui a fourni un nouvel aliment à la crise ; mais, comme l'argent français n'a pas cours à l'étranger et que d'ailleurs n'y étant pas importé pour satisfaire aux nécessités de la circulation il y crée au contraire une surabondance qui le fait rejeter, que son type étranger agit comme une sorte de force excentrique qui le chasse hors du courant, peu à peu il se déprécie et devient bientôt une marchandise dont le rapatriement donne lieu à des opérations lucratives (1). Il s'ensuit donc que la force naturelle des événements a dû nous ramener notre numéraire en grande partie. Sur ce point les documents officiels sont plus éloquents que tous les raisonnements.

En ce qui touche la cote de ces valeurs à la Bourse de Paris, comme pour la plupart elles offrent moins de garantie que les nôtres, elles sont capitalisées à un taux inférieur et l'appât d'un intérêt plus élevé les fait rechercher de certains capitalistes. On ne saurait nier que cette circonstance ne crée une concurrence fâcheuse à notre marché financier et principalement à la rente. Grand nombre de capitalistes grands et petits détiennent des titres de cette espèce achetés à des cours élevés et n'attendent que l'occasion favorable pour s'en défaire.

_____

(1) C'est la raison la plus judicieuse qu'on puisse donner contre l'application d'un système de monnaie uniforme pour toutes les nations. A circonstances égales l'effigie indique la direction.

Lorsque ce jour viendra, ces titres ne feront que changer de mains, aussi les choses reviendront ce qu'elles sont, pour y rester jusqu'à ce que les pays voisins soient devenus assez prospères pour n'avoir plus besoin de l'appui des capitaux français.

Ces réflexions font découvrir les horizons les plus éloignés et jettent l'esprit dans le vague de la méditation. Combien l'homme de cœur ne doit-il pas désirer que l'éducation se répande et se développe, que le niveau de l'intelligence s'élève et que les peuples comprenant enfin la solidarité qui les unit, au lieu de se détruire par les fléaux de la guerre et de la discorde, s'unissent au contraire pour former une seule nation dont les intérêts convergent vers un même centre qui est le bien-être général.

QUESTION nº 1. — De la crise 1863-1864.

Passons maintenant à l'examen particulier de la crise qui nous intéresse.

Aujourd'hui que l'argent est devenu *abondant* et que nous sommes revenus à l'état normal, on voit par les bilans de la Banque et par exemple celui du 9 mars dernier qu'elle entretenait à ce moment une émission de. . . . . 773 millions

Par contre, elle privait le pays de sa réserve métallique.. 411

Le service utile se réduit à. . . . 362
Au maximum de la crise, le 14 janvier 1864, ce même service était de. . . . 644

Différence. . . . 282 millions

Voilà donc cotée à son plus haut degré l'intensité de la crise. Notons que les besoins de fin d'année, le paiement du coupon du 3 p. 100 et surtout l'emprunt de 300 millions avaient pesé pour quelque chose dans la balance. On ne peut expliquer exactement la source d'un si énorme déficit dans notre richesse monétaire, mais néanmoins on peut en déterminer les causes les plus essentielles.

Il faut d'abord se rappeler qu'à la fin de 1863 tous les produits commerciaux étaient en grande hausse. On en trouve la preuve dans le rapport adressé à M. le ministre des finances par la commission des valeurs. On y voit en effet que, pendant cette année de 1863, il s'est produir de grandes variations dans le prix des denrées.

Comparativement à 1862, la baisse moyenne était de :

22 p. 100 sur les froments.
26 — — farines.
21 — — seigles.
20 — — orges.
20 — — avoines.
10-15 — — huiles de toutes sortes.
10 — — vins et alcools.

Par contre il s'était produit une hausse de :

10 p. 100 sur les foins et fourrages.
10 — — bêtes bovines et ovines.
10 — — viandes fraîches.
10 — — viandes salées, beurre, etc.
35 — — houblons.
10-15 — — fruits.
60 — — sucres (de juillet à septembre).
20 — — bois de constructions.
10-12 — — laines.
20 — — lins.
50-60 — — fils de lin.
60 — — cotons.
35-40 — — toiles de coton écrues.
30 — — calicots.
25 — — toiles cirées.
400 — — matières résineuses, essences.
15 — — châles et mouchoirs de coton.
10 — — draps et velours de coton.
10-12 — — tulles.
15 — — peaux brutes.
10 — — peaux préparées.
10 — — écorces de tan.
10 — — pelleteries.
30 — — nattes de sparte.
10 — — fanons de baleine.
27-28 — — constructions de navires en fer.
17 — — coques de navires en fer.
30 — — huiles de baleine et de morue.
10 — — ivoires.
15-48 — — éponges.

Quand on examine ce résultat on voit, à l'égard de la baisse, qu'elle n'a porté que sur les produits du sol, que, si le commerce en a profité pour ses remplois, la moins-value est en partie restée à la charge des producteurs, circonstance qui ne semble pas de nature à réagir sur le crédit commercial. Toutefois il faut noter que la baisse sur les céréales ne s'est produite que dans le premier semestre, et que la sécheresse de l'été a occasionné une très-forte reprise en fin d'année.

Mais il n'en est pas de même à l'égard des autres produits qui ont subi presque tous une hausse notable. Le stock en entrepôt à la fin de 1863, bien que de 25 p. 0/0 moindre en quantité que celui de l'année antérieure, n'en représentait pas moins une valeur de 3 milliards 526 millions, soit de 15 p. 0/0 supérieure à celle de 1862 (1).

On est donc autorisé à penser que le commerce avait beaucoup acheté sous l'empire de cette hausse et que les engagements de crédit ne pouvant se solder par l'insuffisance de la consommation avaient constitué ainsi une sorte de dette flottante qui ne pouvait se liquider que peu à peu et qui se trouvait en partie mobilisée sous la forme de billets de Banque.

Il faut tenir compte que ce stock considérable de 3 milliards 526 millions n'exprime que la valeur des marchandises en douane. Pour se faire une idée du stock général composant la fortune commerciale de la France, il faudrait pouvoir ajouter à cette somme la valeur de tous les produits en mains du commerce.

Il n'existe pas de comptabilité publique qui l'indique, et sans chercher à supputer cette valeur, on peut concevoir combien elle est considérable, en songeant à l'importance de notre consommation.

(1) Rapport à la commission des valeurs.

Notre récolte de vin est évaluée année moyenne à 49 millions d'hectolitres.

La quantité de boissons atteintes par l'impôt est de

Alcools.........	851,826	
Cidres..........	4,643,850	12,068,305 hectolitres.
Bières..........	6,572,620	

La consommation du sucre indigène et étranger a été en 1863 de 382 millions de kilogrammes.

D'après l'évaluation déjà citée de M. le comte de Germiny, la dépense du pain pour toute la France atteint par an 1 milliard 970 millions.

Enfin notre commerce avec l'étranger a été en 1864, de

2 milliards 480 millions à l'importation,
2 — 909 — à l'exportation,
» — 500 — transit,

sans qu'il soit besoin de se livrer à une analyse complète de toutes les quantités de produits utiles à notre consommation, il ressort suffisamment de toutes ces remarques, que la hausse a porté sur un ensemble d'une valeur considérable qu'on ne peut estimer. Ce ne serait que par hypothèse qu'on pourrait invoquer des chiffres, ce qui commande la réserve ; mais, s'il n'existe pas de base sérieuse pour faire ce calcul, l'esprit conçoit sans peine que le portefeuille de la Banque devait contenir une grande quantité de valeurs de crédit, qui, faute de trouver une source naturelle de liquidation dans la consommation des marchandises, tendait au contraire à se renouveler, et c'était d'autant plus difficile que l'élévation du prix des choses avait rendu l'emploi de l'argent plus abondant et la somme des capitaux oisifs s'en était amoindrie.

Il est bon de signaler en passant une cause d'une nature spéciale qui a pu fournir un appoint à ces embarras.

Au mois de juin dernier, le gouvernement autorisa l'admission temporaire des sucres en entrepôt avec faculté de n'acquitter les droits qu'après quatre mois, à moins de réexportation. Les négociants purent ainsi vendre à l'acquitté et se faire régler leurs factures en y incorporant les droits pour lesquels ils obtenaient crédit. Le déficit constaté dans les recettes du Trésor fut, de ce chef, l'équivalent d'une avance faite au commerce, et par la manière dont il a été possible de la transformer, elle a eu pour beaucoup de négociants les conséquences d'un crédit de circulation qui a pu être escompté à la Banque.

Au mois d'octobre l'encaisse subit une certaine dépression qu'on serait en peine d'expliquer si on ne savait déjà que tous les ans, à cette même époque, il est fait à la Banque de fortes demandes d'argent pour les achats dans les campagnes. Cette circonstance, quoique locale, n'en est pas moins une absorption momentanée de numéraire, et l'année dernière il s'est trouvé qu'elle a coïncidé avec les autres causes déjà signalées.

Mais tout n'est pas commerce, il y a encore une part très-large à faire pour une foule de combinaisons de crédit et notamment pour les émissions d'emprunts publics et entreprises financières.

On a vu par l'un des tableaux qui précèdent quel a été la moyenne par année de l'appoint fiduciaire que la Banque a dû fournir à la circulation. Depuis 1807 jusqu'à 1860 la moyenne générale de ce secours a été de 104 millions chaque année, mais de 1861 à 1864 cette proportion s'est subitement élevée à 475 millions.

C'est donc dans cet espace de temps restreint qu'il faut chercher.

D'après la revue financière donnée chaque année par le

Journal des chemins de fer, voici quel a été pendant cette courte période le résumé des appels de fonds faits au crédit public.

En 1861.	.	.	500	millions (1).
1862.	.	.	1200	—
1863.	.	.	1557	—
1864.	.	.	1909	—
Total.	.	.	5166	millions

Lorsqu'il s'agit d'opérations commerciales, on admet les déplacements de capitaux les plus considérables parce qu'ils sont toujours soumis à une condition de réalisation. Mais quand il s'agit de placements sur des rentes ou des entreprises publiques, on conçoit qu'il y a immobilisation complète et que dès lors il n'y a que les capitaux provenant d'un excédant de ressource, en d'autres termes que les capitaux de placement qui puissent y prendre une part utile. Il s'ensuit donc que, si dans un pays il se fonde plus d'entreprises publiques avec apport commanditaire que ne le comportent les économies de ce pays, il doit y avoir pléthore, surabondance de titres qui attendent des preneurs, ou en termes techniques beaucoup de valeurs en report.

C'est justement ce qui s'est produit en France depuis quatre ans. La somme des profits annuels qui recherchent une nouvelle capitalisation se répartit sur l'alimentation du commerce, sur la propriété territoriale et mobilière, enfin sur les rentes et entreprises industrielles. Quand on voit que rien que pour ce dernier chapitre les appels de fonds successifs ont atteint 5 milliards

(1) Le *journal des chemins de fer* n'a pas donné de revue financière pour 1861. Le temps ne m'a pas permis d'en faire le relevé : j'ai donné un chiffre approximatif.

en quatre ans, quelle que soit l'idée qu'on se fasse de
notre prospérité, on ne peut s'empêcher de voir dans ce
fait une anticipation des événements à venir, et l'esprit
se refuse à admettre qu'on ait pu suffire à des versements aussi considérables sans qu'il en soit résulté la
création d'une grande quantité de papier escomptable
ayant ce caractère particulier, qu'au lieu d'être comme
le papier de commerce fondé sur une réalisation certaine, il était au contraire créé sur des espérances, sur
des revenus futurs souvent même aléatoires.

QUESTION n° 14. — Des exportations de numéraire.

Il reste à examiner quels ont pu être les effets des
exportations de numéraire. En voici le tableau par millions.

	Importation.	Exportation.	BALANCE.	
			Plus.	Moins.
1858........	714	244	470	»
1859........	940	570	370	»
1860........	604	448	156	»
1861........	423	503	»	80
1862........	536	456	80	»
1863........	486	556	»	70
1864........	733	655	78	»
	4,436	3,432	1,154	150
	1,004		1,004	

On voit par ces chiffres que notre richesse métallique
n'a pas été aussi endommagée que bien des gens ont pu
le croire. Il est vrai que ce sont les données officielles de
la douane et le commerce doit exporter d'autres quantités à l'abri de tout contrôle pour éviter le faible droit
de sortie ou dissimuler ses déclarations pour payer
moins de transport; mais, quand les déclarations offi-

cielles constatent une balance de 8 millions en faveur de l'importation pour ces quatre dernières années, quelle que soit la part qu'on veuille faire à la fraude, on ne peut sérieusement l'invoquer comme une des causes additionnelles de la crise.

Voyons du reste la chose en détail pour l'année dernière qui a été la plus intéressante.

	Importation.	Exportation.	BALANCE.	
			Plus.	Moins.
	millions.	millions.	millions	millions.
Angleterre......	280	44	236	»
Belgique.......	30	35 1/2	»	5 1/2
Allemagne......	104	10	94	»
Italie..........	148	146	2	»
États-Unis.....	»	»	1	»
Espagne........	86	69	17	»
Suisse.........	»	23	»	23
États-Romains...	»	3 1/2	»	3 1/2
Turquie........	»	1	»	1
Égypte.........	»	64 1/2	»	64 1/2
Indes-Anglaises..	»	133	»	133
Chine..........	»	13	»	13
Russie.........	»	» 1/2	»	» 1/2
Autres pays.....	83	112	»	29
	732	655	350	273
	77		77	

Ce tableau démontre que notre solidarité avec les autres peuples du continent a été peu éprouvée. En ce qui touche nos exportations en Orient, elles n'ont peut-être pas le caractère que généralement on leur prête. On oublie que nous sommes le plus souvent les simples transitaires des capitaux que l'Angleterre envoie à cette même destination.

Si des 236 millions qu'elle nous a remis, on en déduit 210 que nous avons expédiés en Orient 26 ont dû rester chez nous.

En résumé, on peut dire que la crise que nous venons de traverser est due aux causes suivantes :

1° Rareté relative du numéraire occasionnée par l'élévation du prix des choses et agglomération trop considérable des produits consommables, conséquence directe d'une disette antérieure.

2° Excès de l'esprit d'entreprise, capitalisation anticipée des épargnes du pays; immobilisation prématurée, dès lors création sous forme circulante et escomptable d'un crédit de circulation.

3° Exportation de nos capitaux et de notre numéraire à l'étranger pour y commanditer des travaux ou prendre part aux émissions financières.

Conséquence logique : émission plus abondante de billets fiduciaires en échange du surcroît de la matière escomptable : mobilisation anticipée de l'épargne, crédit flottant.

Qu'on pèse un à un tous ces arguments et on ne sera pas surpris que des faits aussi considérables aient amené une perturbation qui peut en définitive se coter par un déficit de 280 millions.

Retour à la situation actuelle.

En retournant en sens inverse tous les arguments qui précèdent, on explique très-facilement l'abondance des capitaux en temps de baisse. C'est justement l'objet des doléances de ce moment.

Sans faire le prix courant de tous les objets de consommation quelques produits suffiront pour caractériser la baisse produite depuis l'année dernière.

	1er mars 1864.	1er mars 1865.
Farines.......................	51	46
Huile colza...................	100	95
— lin.....................	100	94
Sucre brut, 4e................	82	60
— rafiné...................	150	125
Esprit 3/6....................	75	51
Coton Madras.................	250	150

Personne ne contestera qu'aujourd'hui on ne puisse faire les mêmes affaires qu'il y a un an avec un moindre capital. Le tableau ci-dessus n'indique que quelques cours pour signaler la tendance, mais il est incontestable que la baisse est générale, et si on pouvait faire l'inventaire du stock commercial de toute la France, on verrait qu'il représente, à quantité égale, une somme bien moindre qu'il y a un an. Il est hors de doute que cet état de chose a dû rendre beaucoup de capitaux vacants qu'on a employés, partie à éteindre le crédit circulant, ce qui a fait baisser le portefeuille de la Banque, partie en remploi sur de nouveaux approvisionnements; et le surplus disponible s'est accumulé dans les caisses de la Banque; enfin l'épargne est d'autant plus facile que le prix des consommations est diminué.

On voit par là qu'il ne faut accueillir qu'avec certaine réserve les lamentations aujourd'hui si fréquentes basées sur l'abondance des capitaux et la diminution des crédits pour en supputer l'absence des affaires et l'atonie du commerce. Il est au contraire constant que la baisse favorise la consommation, et s'il était possible d'en faire une égale comparaison par les quantités, on contrôlerait ainsi l'exactitude de ce raisonnement.

Si simples que paraissent ces principes il faut qu'ils soient ignorés de bien des gens pour qu'on entende jusque dans les assemblées publiques développer des théories fondées sur l'oubli le plus complet du rôle que l'argent joue dans nos transactions journalières. *C'est un véritable instrument qui nous sert à liquider nos échanges* ainsi que le serait un compas qui servirait à mesurer la valeur des choses et qui devrait être plus ou moins ouvert suivant que cette valeur serait conventionnellement plus ou moins grande. Mais, comme la valeur de la pièce de monnaie est invariable, c'est alors par le nombre et la quantité que le rapport s'établit. En d'autres termes, la somme de numéraire utile dans un pays est aussi variable que le prix des denrées. La hausse entraîne avec elle la rareté des espèces, et la baisse an contraire en favorise l'abondance.

QUESTION n° 36. — Du taux de l'intérêt.

Tous ces troubles se traduisent par des difficultés individuelles que chacun résout selon ses moyens, et qui passeraient inaperçues sans les exigences de la Banque. En élevant le taux de son escompte, exerce-t-elle une influence favorable au dénouement d'une telle situation? Cette mesure est-elle utile à l'écoulement des produits? En fait-elle diminuer la valeur? Est-il de son fait et de sa compétence de chercher à exercer une action sur la valeur de ces produits? Fait-elle rentrer plus vite l'argent dans ses caves? Est-ce une nécessité indispensable?

À toutes ces demandes on peut affirmer que non, et la preuve, c'est que la situation ne s'est détendue que dans le cours d'une année: la baisse s'est produite parce que l'offre a été plus abondante que la demande; malgré tout, les escomptes ont atteint les plus hautes proportions qu'on ait encore connues, et l'argent n'est revenu abondant que lorsque la baisse en a rendu l'usage relativement moins étendu.

Et bien plus encore, en élevant le taux de son escompte, elle rend possibles des placements de natures diverses. C'est pourquoi les capitalistes lui retirent leurs dépôts pour les faire valoir plus fructueusement. La mesure, on le voit, produit des effets inverses à ceux désirés. D'ailleurs, le commerçant ne peut pas arrêter l'essor de ses affaires; celui qui est engagé dans une spéculation est commandé par sa situation; celui qui a des fonds à exporter est sous le coup d'une obligation qu'il doit remplir quand même. On subit la hausse, mais elle ne change rien.

Qu'on nous permette à cet égard une comparaison.

Dans une grande ville on donne une fête nationale à la faveur des chemins de fer les étrangers arrivent en affluence, et grand nombre d'entre eux ne trouvent pas de gîte. Les hôteliers, bien entendu, en profitent pour élever considérablement le prix de leurs loyers. Mais si une administration prévoyante avait fait construire des baraques provisoires, tous les étrangers pourraient être logés, et, bien mieux encore, les hôteliers n'auraient plus de prétexte pour pressurer les voyageurs. Le lendemain de la fête, les baraques devenues inutiles seraient démolies.

Les hôtels, c'est le numéraire; leur loyer, c'est le taux de l'intérêt, et les baraques sont les billets de banque.

On peut même ajouter, pour faire allusion à la pluralité des banques, que dans cet exemple le fait matériellement utile et indispensable serait de loger un certain nombre d'étrangers; peu leur importerait que ce service leur fût rendu par une ou plusieurs administra-

3

tions. Unique dans sa nature, le diviser ne serait pas le multiplier, mais simplement en partager les profits.

On a remarqué que, durant la crise, les reports sur actions et valeurs de bourse avaient été relativement bon marché, d'où on a tiré cette conséquence que les capitaux n'étaient pas aussi rares qu'on le pensait. Cette opinion n'est pas parfaitement exacte : pour suffire aux nombreux versements à faire, il a dû se produire un grand déclassement de titres, et bien certainement de grands intérêts et presque toute la spéculation devaient être engagés à la baisse; aussi doit-on admettre que, pour compenser en liquidation, il y avait beaucoup de vendeurs à la recherhe d'acheteurs à découvert. Au surplus, en raison de la baisse, on pouvait faire plus de reports avec un égal capital. En outre, les nouvelles sociétés financières, fondées dans ces derniers temps, n'avaient peut-être pas assez de clientèle, et, pour utiliser leurs fonds disponibles, elles pouvaient se disputer les reports et le papier de haute banque dont la solidité défie les crises.

Questions n°s 17, 18, 19, 27, 29. — Du cours légal.

Quand on songe que les crises ne sont que le résultat de la rareté relative du numéraire, que les billets de banque ont été créés pour suppléer à cette absence, ne semble-t-il pas que le cours légal de ces billets en soit la conséquence naturelle ? Puisqu'ils doivent rendre un service public, tout le monde doit les accepter : ils sont non-seulement utiles, mais on ne pourrait pas s'en passer; ils constituent une véritable monnaie : si on trouve nécessaires à la chose publique les expropriations forcées, on ne doit pas trouver moins utile le cours forcé des

Cette opinion a déjà trouvé de nombreux et puissants adversaires, comme en trouvent tous les projets de réforme. On a évoqué le souvenir d'une époque qui n'est plus, comme si les circonstances aussi bien que notre situation politique et économique n'étaient pas changées. On s'est borné à considérer cette mesure comme ruineuse pour la France. En cela les contradicteurs ont peut-être été influencés par les susceptibilités de l'opinion publique. Mais qu'importe l'opinion publique quand il s'agit d'un principe vrai? L'opinion change : les hommes ne demandent pas mieux que de se laisser éclairer, et la raison est la base de toutes les réformes.

Il faut, sur ce sujet, tenir compte des trois points suivants :

1° Que notre prospérité est un courant irrésistible qui nous entraîne, qui réclame que les institutions de crédit se modifient en raison de l'extension des besoins, et que la banque de circulation est de tous les moyens le plus simple, le plus parfait et le plus pratique.

2° Qu'alors même que la Banque voulût émettre plus de billets que ne le comportent les besoins de la circulation, cela lui serait absolument impossible. C'est un préjugé généralement répandu que de croire qu'on pourrait abuser des émissions; mais il suffit d'y réfléchir pour se convaincre qu'une émission exagérée ne pourrait trouver place qu'aux dépens de l'argent et l'or qui circulent, et que ces derniers seraient immédiatement refoulés dans les caisses de la Banque, à moins qu'on ne voulût exprès les laisser avilir par cette concurrence, jusqu'au point que le retrait de la circulation devînt favorable aux exportations.

3° Que la prudence qui caractérise le Conseil général de la Banque est une garantie contre un tel abus, et qu'il est inadmissible de croire qu'en étendant la faculté déjà illimitée qu'il possède de battre monnaie, ce serait un motif pour qu'il changeât ses principes de bonne administration.

Et du reste, quels efforts ne faut-il pas faire pour maintenir la circulation à son niveau? L'année dernière, le mouvement général des billets s'est élevé à 12 milliards 730 millions pour l'entrée et la sortie. Si on prend la moitié de cette somme, et qu'on la divise par 761 millions, moyenne du solde en circulation, on trouve que ce solde s'est renouvelé huit fois dans l'année, ou, en d'autres termes, qu'une force naturelle fait rentrer toute cette circulation dans un délai moyen de 45 jours (1).

Le 12 mai 1851, la Banque avait :

en caisse. . . . . 555 millions. ⎫
son émission était de 516   —   ⎬ 108 0/0
                                            ⎭

Le 14 janvier 1864, elle avait :

en caisse. . . . . 169 millions. ⎫
contre une circulation de. . 813   —   ⎬ 21 0/0
                                            ⎭

Ces deux exemples sont le reflet de la situation du moment; elle a subi ces effets, mais elle aurait été impuissante à les créer aussi bien qu'à les modifier. Dans le premier cas, le prix des choses était avili; c'était l'inverse dans le second exemple.

Le papier-monnaie, qui n'a d'autre valeur que la garantie de l'État qui l'émet, n'est qu'un signe illusoire et de pure convention que des événements peuvent anéantir. Le papier-monnaie n'est qu'un emprunt déguisé sous la forme circulante; et quand on songe que les États en viennent tous à consolider leurs dettes, il devient chi-

---

(1) On sait que l'échéance moyenne des effets escomptés est de 45 jours. Il s'ensuit que les billets en circulation représentent un crédit à découvert qui se liquide naturellement par le recouvrement des billets escomptés qui en avaient motivé la sortie.

mérique de penser que jamais un tel signe monétaire puisse être remboursé. Ce résultat ne pourrait être atteint que par la réalisation d'un actif problématique, par des excédants de revenus inespérés, ou enfin par un surcroît de richesse et de prospérité extraordinaire. Et ce serait cette prospérité même qui rendrait le remboursement impossible, car elle signifie tendance au bien-être, tendance à l'élévation du prix des choses, conséquemment absorption plus complète du numéraire.

Mais il n'en est pas ainsi des billets de banque. Si par leur nature propre ils n'ont aucune valeur intrinsèque, ils n'en sont pas moins le signe *représentatif d'un gage réel*, dont la réalisation est certaine et soumise seulement à une condition d'échéance. La Banque n'est que le quatrième endosseur des engagements qu'elle garde en portefeuille, et en cette qualité, non-seulement ses ressources actives sont constamment suffisantes pour assurer le payement intégral de son passif exigible, mais, en outre, sa solvabilité propre est représentée par un capital intact augmenté de puissantes réserves. Bien que la pensée d'une liquidation soit inadmissible, elle justifie néanmoins cette parole d'un de ses anciens directeurs, Jacques Laffitte, qui disait « que pour bien marcher une banque doit toujours être prête à finir. »

Pour mieux appuyer mon raisonnement, qu'il me soit permis de reproduire en abrégé la situation de la Banque, que d'ailleurs chacun connaît. Je prends au hasard son bilan du 9 février dernier.

ACTIF.

Argent et lingots......	339,240,543 f.	
Portefeuille..........	636,847,459	
Avances sur gage......	86,671,041	1,069,613,543 f.
Divers..............	6,754,389	
Rentes et fonds immobilisés...........		218,307,834
		1,287,921,266 f.

PASSIF.

Billets à vue.........	805,966,575 f.	
Créanciers..........	248,727,551	1,064,691,904 f.
Divers..............	9,897,778	
Capital	182,500,000	
Réserves...........	33,113,045	223,229,362
Réescompte..........	7,616,317	
		1,287,921,266 f.

Comme chacun le sait, on voit que le capital augmenté des réserves est intact : il est représenté par les rentes, avances à l'État et autres fonds immobilisés.

Ces deux éléments étant écartés, on voit que le capital commercial provient uniquement de l'émission gratuite des billets et des dépôts. Ce capital est plus que représenté par l'actif réalisable. Les différents chapitres qui composent cette réserve active forment un tout d'une nature inséparable, et dont l'incessante transformation ne permet pas de préciser quelle est la portion spéciale qui est le gage naturel du passif; aussi est-on forcé de ne les examiner que dans leur ensemble. Le lien intime qni existe entre cet actif et ce passif fait découvrir que, si les termes qui le composent peuvent varier entre eux, le rapport qui les lie peut rester invariable; pendant les crises l'argent reste en plus grande quantité aux mains des populations, et par contre les effets de commerce qui représentent un capital plus considérable accroissent l'importance du portefeuille aux dépens des billets émis.

Ces termes sont du reste d'une nature infiniment sujette à changement. Qu'on suppose que, par suite de certains événements politiques, il se développe une grande activité dans notre industrie, et qu'en fin de compte 100 millions de billets de commerce affluent à la Banque sans pour cela que notre richesse métallique augmente. Il faudrait que la Banque, en présence de cet accroissement de son portefeuille, se démunît de ses espèces ou qu'elle augmentât ses émissions dans une égale proportion. Les rapports de l'actif au passif, on le conçoit, ne seraient changés en rien; mais l'encaisse ne serait plus du tiers de l'émission. Il arriverait donc que ce serait un élan de notre prospérité qui aurait déterminé la hausse de l'escompte.

C'est chose étrange en effet que ces règles d'équilibre qui font la base élémentaire de l'administration particulière, ne paraissent plus applicables quand il s'agit d'une institution publique. Le tableau suivant donne sous une forme concrète les bilans de l'année dernière.

DATE.	ACTIF. Réalisable. Caisse, portefeuille, avances, divers.	ACTIF. Immobilisé. Rentes, immeubles, frais.	ACTIF. TOTAL.	PASSIF. Exigible. Billets à vue, créanciers, Trésor.	PASSIF. Capital, réserves et bénéfices à régler.	PASSIF. TOTAL.	Excédant de l'actif mobile sur le passif exigible.
	millions.	millions.	millions.	millions.	millions.	millions.	millions.
10 décembre 1863.	998	224	1,222	992	230	1,222	6j
14 janvier 1864.	1,057	220	1,277	1,058	219	1,277	dividende.
11 février.	1,020	219	1,239	1,017	222	1,239	3
10 mars.	976	220	1,187	960	227	1,187	7
14 avril.	978	220	1,198	966	232	1,198	12
12 mai.	1,041	220	1,261	1,026	235	1,261	15
10 juin.	976	221	1,197	958	239	1,197	18
14 juillet.	960	218	1,258	1,038	220	1,258	dividende.
18 août.	998	219	1,217	993	224	1,217	5
22 septembre.	958	220	1,178	951	227	1,178	7
20 octobre.	987	220	1,207	975	232	1,207	12
17 novembre.	981	220	1,201	964	237	1,201	17
22 décembre.	1,016	221	1,237	998	239	1,237	18

On voit, d'après ce tableau, que non-seulement l'équilibre n'a pas été troublé un seul instant, mais, au contraire, que l'actif réalisable a présenté un excédant qui s'est accru dans une proportion progressive à peu près égale au bénéfice brut qui est, comme on le sait, d'environ 4 millions par mois.

Voilà sous quelle forme l'opinion publique devrait être éclairée. Si, plutôt que de critiquer sans cesse une institution fondée sur un principe aussi simple qu'ingénieux, qui a si puissamment contribué à la prospérité du pays, les organes de la presse voulaient réellement concourir au progrès, ils feraient bien mieux de propager et de développer la confiance en démontrant aux populations peu éclairées et peu habituées à lire les chiffres, que le billet de banque porte en lui-même une garantie réelle, une solvabilité incontestable, et qu'il faudrait, pour que la Banque cessât de faire honneur à ses affaires, que d'abord le commerce faillît à ses promesses ; que c'est le pays qui se cautionne lui-même en s'ouvrant un crédit fiduciaire dont le gage est fondé sur l'exécution de ses propres engagements ; que c'est l'expression la plus élevée de la mutualité et la plus sublime application des principes de l'association du crédit ; que le billet de Banque étant créé avec la double fonction de rendre mobiles des contrats à échéance, et de remplacer la monnaie métallique lorsqu'elle se fait rare, devient un instrument compensateur dont l'usage encore plus répandu, serait l'auxiliaire le plus puissant pour maintenir le taux de l'intérêt dans de basses limites ; que ces billets émis en échange de promesses réalisables, doivent forcément revenir vers leur source par le fait même du recouvrement de ces engagements, ce qui en rend l'abus impossible.

QUESTIONS n⁰ˢ 29, 30. — Limites des encaisses et des émissions.

Évidemment en prenant pour thèse que les causes mêmes qui font varier la valeur monétaire sont celles qui empêchent qu'on puisse régler la proportion de l'encaisse et que ces obstacles sont invincibles, on se place bien loin des maximes de la Banque qui veulent que l'encaisse soit du tiers de l'émission. C'est le tiers du passif qu'il convient de dire, car le passif commercial tout entier, à l'exception de la caisse de retraite et de quelques comptes d'ordre, est exigible à vue. Ne semble-t-il pas utile de changer un précepte en quelque sorte absolu qui place la question à côté de la possibilité de l'exécution, qui par sa rigidité prescrit ce que repoussent les principes économiques qui régissent la société; enfin qui pose une barrière, comme si les variations dues à la disette ou à l'abondance pouvaient être contenues. Veut-on des exemples de ce que produisent ces limites infranchissables.

En 1844, la Banque d'Angleterre subit certaines transformations dans sa réglementation. Ses émisions furent limitées à 14 millions sterling augmentés du montant de son encaisse. A la fin de 1847 une crise se manifesta et la Banque se serait trouvée infailliblement dans le cas d'arrêter ses affaires si, le 25 octobre de la même année, le gouvernement n'eût suspendu l'acte qui créait cette limite impossible. Il fallait en effet que les auteurs de cette mesure n'y eussent pas réfléchi pour taxer à 14 millions les variations qui pouvaient naître dans les besoins de la circulation monétaire et fixer ainsi le maximum du déficit à combler par les émissions fiduciaires.

En 1848, sous l'empire des nécessités du moment, le Conseil général de la Banque de France demanda lui-même le cours légal et limita le maximum des émissions à 350 millions. Trois mois plus tard on portait ce maximum à 452 millions puis à 525 enfin; cette circulation qui flottait entre 400 et 500 millions pendant les années 1849 et 1850 a pu s'élever dans ces derniers temps à 821 millions.

Ces exemples, qu'on pourrait multiplier si on voulait rechercher dans les annales des banques d'Écosse et d'Amérique surtout, prouvent que les théories fondées sur l'application de principes inflexibles sont impossibles. Qui oserait affirmer que dans dix ans notre commerce ne nécessitera pas une émission de 1200 millions; c'est pourtant prévoyable.

Ce n'est pas une critique que nous voulons faire, mais une simple constatation ; les règles qui servent de guide à un établissement d'escompte cessent d'être applicables lorsque cet établissement se livre à l'émission parce que la faculté de battre monnaie crée une situation toute différente. Une banque d'escompte est maîtresse d'elle-même, tandis que celle qui fait l'émission est dominée par les événements, et ce n'est ni une critique, ni une exagération que d'avancer que l'élévation du taux de l'intérêt est sans effet sur le résultat qu'on en espère.

QUESTION n° 25. — De la Banque d'Angleterre.

Ce qui s'est passé en Angleterre l'année dernière a beaucoup réagi sur la direction donnée chez nous. Dans ce pays la valeur des choses y a augmenté comme en France ; pour n'en citer qu'un exemple, le coton, comme on le sait, a quintuplé de valeur. Or, quand un commerçant anglais a dû payer le prix d'une balle de coton, n'a-t-il pas fallu qu'il ait à sa disposition cinq fois plus de capital en espèces ou en billets qu'il ne lui en aurait fallu autrefois ?

Les billets de banque ont été d'autant plus indispensables que le commerce a dû faire à l'étranger de nombreux envois de numéraire pour y payer ce coton, et la Banque, dont le droit d'émission est limité, ne pouvant plus tenir tête à ce mouvement, s'est vue forcée de recourir aux restrictions les plus sévères non pour empêcher la sortie de ses espèces, mais pour mettre un temps d'arrêt à ses affaires. Voilà l'effet de la limite.

C'est une erreur de croire que dans un pays on puisse toujours se livrer aux mêmes affaires avec un égal capital en numéraire et qu'on puisse suppléer à son absence par des moyens d'une régularité constante. Cette erreur qui existe en Angleterre a été la principale cause des perturbations que nous avons ressenties par contre-coup, et c'est là l'exemple que certains financiers modernes vont chercher. Notre système de crédit est incontestablement supérieur, il n'a pas besoin d'être changé mais seulement d'être étendu selon les besoins que créent les progrès de notre époque.

On trouvera à la fin de cet exposé le bilan de la Banque d'Angleterre à la date du 6 janvier 1864 traduit en francs et mis par un nouvel arrangement en concordance et en regard de celui de la Banque de France au 14 du même mois. C'est l'époque qui se rapproche le plus du maximum de notre émission fiduciaire. L'analyse démontre qu'à Londres ce n'était pas la rareté de l'argent qui créait l'embarras, mais bien la rareté des billets. On ne saurait trop méditer sur ce fait extraordinaire. Les Anglais n'aiment pas le maniement des espèces, ils préfèrent les chèques ou les billets au porteur. S'ils avaient été à la Banque chercher des espèces, tout aurait été bien, on n'en aurait peut-être pas manqué; mais ils voulaient des billets, tandis que le droit d'émission était épuisé. Alors la Banque aux abois fit les plus grands sacrifices pour se procurer des métaux précieux qu'elle mit dans sa cave en échange de ses nouveaux billets. Ceci ne prouve pas en faveur de l'usage des chèques.

Voilà pourtant où nous conduirait la séparation du compte de l'escompte et du compte de l'émission, car il faudrait bien doter ce dernier département et tomber dans les erreurs de la Banque d'Angleterre en l'imitant.

QUESTION n° 33. — Des rentes de la réserve.

C'est le moment de parler des rentes qui constituent la réserve. A cet égard les opinions les plus opposées ont été émises et la divergence vient du point de vue où l'on se place. Si on n'envisage qu'une banque d'escompte, il est constant qu'il y a intérêt majeur à utiliser tout son capital. Ce principe est élémentaire chez tous les banquiers qui se gardent bien d'immobiliser leurs ressources.

La question n'est pas la même pour la Banque de France : l'expérience et les faits acquis ont démontré qu'elle était depuis longtemps arrivée au point de pouvoir se passer de son capital ; du reste la faculté de battre monnaie suppléerait au besoin pour alimenter de nouvelles affaires. Mais il y a une considération plus puissante dont il faut tenir compte, c'est qu'en raison de son action étendue dans tout le pays, c'est vers elle que vient se concentrer toute la réserve métallique disponible, et c'est se faire illusion que de croire qu'elle peut à son gré accroître son capital en numéraire.

Qu'on remarque bien qu'il s'agit ici d'une des conditions particulières de cette institution qui est unique dans son espèce et n'a rien de comparable avec ce que sont les maisons de banque. En effet, toutes les compagnies possibles peuvent se fonder à la faveur d'un capital représenté par des choses diverses, mais pour la Banque c'est de l'*argent* dans son acception la plus restreinte : son action s'exerce donc directement sur notre appareil monétaire.

C'est là qu'est la pierre d'achoppement; tout le problème est circonscrit dans les phénomènes de cette circulation.

Le rôle que joue le numéraire est généralement peu compris en France, et comme les billets de Banque ne sont qu'un agent synonyme, on ignore au même titre le fonctionnement de l'un et de l'autre. C'est cette ignorance qui est la source des erreurs qui se propagent et des fausses combinaisons qui se proposent. Il ne faut pas perdre de vue un seul instant que l'argent ne nous sert que d'appoint.

Si l'on faisait le bilan de la fortune publique on trouverait qu'il est à la nation ce que les espèces en caisse sont au bilan du commerçant. Il y en a en France une quantité donnée dont la suffisance est aussi variable que le prix des choses, et c'est une erreur que de croire qu'il suffise de frapper du pied pour le faire jaillir en plus grande abondance. Il est impossible d'en constater la quantité, puisqu'il n'y a pas de contrôle public, mais il se trouve répandu dans une proportion voulue avec notre fortune individuelle et la somme de nos besoins. Ceux qui conçoivent la comptabilité dans ses principes les plus transcendants doivent se représenter dans la pensée ce qu'indiquerait un compte de caisse général, qui, partant d'un point donné, ne varierait que par les importations et les exportations et dont les mouvements constants et incessants ne mentionneraient que des transmissions individuelles, que des liquidations de toutes sortes venant se compenser sous l'action d'un dénominateur commun.

Bien assurément, la France est assez riche et assez prospère pour commanditer de nouvelles entreprises, mais comme il ne faut pas confondre la richesse avec l'argent, il n'est pas dit qu'elle puisse prêter un concours aussi étendu qu'on serait en droit de l'espérer à condition de ne donner que des écus.

Si demain, par exemple, la Banque décidait de doubler son capital, la souscription serait couverte en quelques heures, c'est incontestable. Mais si elle posait pour condition formelle que le paiement fût *intégral, immédiat,* en *espèces sonnantes* et sans porter atteinte à sa réserve, croit-on qu'elle réussirait?

Et si on veut admettre que cela se puisse, n'en résulterait-il pas une grande désorganisation, n'arriverait-il pas dans un temps très-court qu'une force mystérieuse aurait ramené dans la circulation les 182 millions qui en auraient été ainsi retirés!

Il ne faudrait pas répondre qu'il serait utile de donner un délai pour s'apprêter, car ceux qui croient à la possibilité d'augmenter le capital espèce doivent admttre en même temps la disponibilité de capitaux oisifs.

Il nous est possible d'augmenter ou de diminuer conventionnellement notre richesse tant qu'elle est représentée par des objets estimables et de remplacer sous une forme nouvelle l'excédant des réalisations obtenues ; et si les circonstances n'étant pas changées l'accroissement convenu est maintenu et seulement transmis dans d'autres mains, nous pouvons dire que nous sommes enrichis ; mais il n'en est pas de même de l'argent qui est d'une nature inerte, et, comme précisément cette inertie nous porte sans cesse à l'échanger contre des choses consommables ou à rechercher un placement susceptible de revenu, il arrive que nos épargnes, sous l'action de ce désir, ne constituent qu'une réserve intermittente qui tend constamment à rentrer dans le courant des échanges.

On peut donc affirmer, si absolue que paraisse cette doctrine, que ce serait en vain qu'on tenterait un appel de fonds supérieur à la quantité qui circule, que toute quantité étant retirée du courant de la circulation y formerait un vide qu'il faudrait aussitôt remplacer, qu'en raison de la mobilité que présente la valeur de ce véhicule, la réserve s'il y a surabondance, ou le déficit s'il y a insuffisance, ont des limites fatales créées par nos besoins et l'usage que nous faisons du crédit. Nous ne les voyons pas, ces limites, mais elles existent.

Qu'on se reporte au tableau qui précède, indiquant la somme des billets qui font l'appoint de notre circulation monétaire. Comment pourrait-on expliquer l'existence de ces billets dans les mains de chacun, s'il y avait en outre des espèces métalliques disponibles? Qu'on mesure dans la pensée à quelle désorganisation nous serions soumis si par un effet impossible, bien entendu, mais compréhensible, on supprimait instantanément ces 700 ou 800 millions de billets qui circulent; avec quoi escompterait-on les engagements du crédit? Si on va au fond des choses, qu'on les pénètre jusqu'à leur base, on est obligé de convenir avec soi-même que notre appareil monétaire est insuffisant et qu'il nous faut l'appoint des billets de banque pour le compléter.

C'est donc une erreur que de croire qu'on puisse vendre les rentes qui constituent la réserve de la Banque pour les couvertir en espèces, aussi bien que de croire qu'elle est maîtresse de son encaisse, aussi bien que de croire qu'on puisse fixer ou augmenter cet encaisse par la formation d'un nouveau capital en espèces.

La Banque est la caisse générale de toute la France.

Toute émission contre espèce serait puisée dans ses

caves et équivaudrait à prendre l'argent de la poche droite pour le mettre dans la poche gauche.

Si donc elle vendait ses rentes au comptant et en admettant qu'elle le pût sans effondrer complétement le marché, elle raréfierait la monnaie jusqu'à un certain degré ; elle serait en même temps obligée de rétablir l'équilibre par un supplément d'émission. Tout compte fait, son actif et son passif commercial seraient augmentés d'une somme égale. L'avantage, on le voit, se résumerait à ce qu'elle puisse simplement accroître sa circulation à un moment donné dans une proportion correspondante à cette nouvelle garantie. Mais, comme l'argent n'est rare qu'en temps de crise, ce ne serait que pendant ces périodes passagères que la mobilisation des rentes rendrait réellement quelque service, et pendant les temps ordinaires ce serait un moyen superflu, entièrement surabondant, qui n'aurait d'autre résultat que de supprimer la source du revenu que procure cette réserve.

En matière de crédit il existe une école moderne qui affirme qu'on peut tout entreprendre au moyen de l'emprunt, qu'on peut même élever l'emprunt à la deuxième ou troisième puissance en spéculant sur la simple différence de l'intérêt. Ce que des particuliers peuvent risquer, la Banque ne le doit pas, la confiance dont elle jouit lui impose le devoir de ne pas fonder ses opérations sur l'usage immodéré du crédit qu'elle reçoit, et la prudence conseille qu'elle garde par devers elle un gage suffisant qui soit le propre de sa responsabilité, le fonds d'assurance des risques qu'elle encourt. N'est-il pas certain qu'elle ne peut trouver de meilleure caution que la rente qui représente la dette de l'État, ou en d'autres termes la participation de tout le monde aux charges publiques ? (1)

(1) Il n'échappera pas à l'attention du lecteur que l'ensemble de la res-

Loin de diminuer cette réserve, il paraît au contraire plus sage de l'augmenter au moyen d'un prélèvemeut sur les bénéfices annuels. On sait bien que la Banque ne subit aucune perte, qu'elle a pu même traverser, sans autre préjudice que le retard, les événements de 1848; ce ne serait donc pas tant pour parer aux éventualités présentes, mais plutôt parce que l'accroissement probable des affaires semble devoir réclamer une augmentation correspondante du capital de garantie.

S'il y a des contrées en France où les billets ne circulent pas; il y faut plus d'espèces, et les besoins en sont d'autant plus grands que là, comme ailleurs, la consommation ainsi que le prix des choses y ont subi une élévation notable.

Lorsque, dans quelques années, la Banque aura établi des succursales dans tous les départements, il faut s'attendre à ce que peu à peu ses billets se substitueront aux espèces. On verra alors l'encaisse et l'émission s'accroître dans une proportion correspondante, et si on voulait induire de ce fait qu'un encaisse donné puisse autoriser une émission triple, alors effectivement ce serait un nouveau secours utile. Et s'il est vrai que dans ces contrées neuves la circulation fiduciaire ne puisse se substituer au métal que dans une égale proportion, l'excédant de crédit obtenu serait reversible sur les autres points où les besoins seraient plus grands. Qu'on observe qu'il s'agit ici d'une supposition en dehors des circonstances actuelles et que, si d'un côté nous exprimons la pensée qu'on ne puisse accroître le capital en espèces, nous entrevoyons néanmoins que le moyen d'arriver au même but est le développement du crédit par l'élargissement du champ par l'exploitation.

ponsabilité de l'État figure à l'actif pour 210 millions, et que le portefeuille, dans son intégralité, présente un risque de 700 à 800 millions.

QUESTION n. 23. — Pluralité des Banques.

Ce que nous avons déjà dit de la circulation fiduciaire pourrait dispenser de parler de la pluralité des banques, mais la question est directement posée.

Il est certainement utile qu'il y ait beaucoup de banques d'escompte, elles peuvent s'établir en toute liberté, et jamais personne n'a songé à leur contester ce droit. En joignant à l'élément principal de l'escompte la participation aux affaires industrielles, ces établissements favorisent à un très-haut degré le développement du crédit et rendent des services incontestables qu'on ne saurait trop apprécier. Quand ils n'ont plus de capital disponible, ils viennent à la Banque de France qui leur en crée instantanément sous la forme fiduciaire. Si le droit d'émission leur était accordé, la même action utile qui est exercée par la Banque serait divisée et exercée collectivement par tous les établissements autorisés. Partant de ce principe que, dans un pays, il faut une somme donnée de numéraire pour suffire aux transactions et de plus une somme de capitaux disponibles pour les besoins de l'escompte, peu importe au pays que ces disponibles soient fournis par une ou plusieurs banques : l'essentiel est qu'il s'en trouve en quantité suffisante. Il est donc bien certain que rien ne serait changé dans le problème économique, car les mêmes principes qui s'appliquent au fonctionnement d'une banque unique s'applique à la généralité de ces institutions considérées dans leur ensemble. Et si telles étaient les choses en ce moment, la masse des émissions ne pourrait s'élever au-dessus des 800 millions qui circulent, de même que toutes les réserves métalliques formeraient les mêmes 450 millions qui existent à la Banque ; ou bien, si on veut abandonner ces termes, l'appoint fourni à la circultion ne présenterait en balance que les 360 millions formant l'écart entre l'encaisse et l'émission, parce qu'en ce moment il n'en faut pas davantage.

Ce n'est donc que dans les conséquences qu'on peut rechercher les avantages ou les inconvénients que présenterait ce nouveau système de pluralité.

Si on veut admettre que les nouvelles banques autorisées ne puissent se livrer qu'aux mêmes opérations que celle qui existe, qu'elles soient enchaînées dans les mêmes statuts, ce serait une puérilité d'en parler, autant vaudrait dire que la somme des fractions égale un entier. Les partisans de cette nouvelle application ont déjà exprimé leurs vues, ils désirent mieux que cela, ils veulent abaisser à deux signatures la garantie des endossements et élargir le cercle des opérations.

Dans l'état actuel, la Banque exige trois signatures, dont la dernière notoirement solvable ; c'est justement celle-là qui disparaîtrait. Tout le monde sait que le papier à deux signatures n'exprime en général que la garantie collective du marchand détaillant et du marchand en gros, et souvent bien moins encore, le simple engagement du consommateur au profit du fournisseur. Un banquier étant posé entre la Banque et ces particuliers devient par nature un contrôleur obligé, il y va de sa propre responsabilité ; toute sa fortune personnelle, à quelque degré qu'on la conçoive, est solidaire de la confiance qu'il accorde ; il est donc très-fortement intéressé à savoir quelle est la nature et de quelle qualité est le papier qu'il escompte, puisqu'il le couvre de son aval. Si l'on supprimait l'intervention de ce financier, on supprimerait du même coup la garantie morale qu'il exerce. La Banque escomptant à deux signatures, ne descendrait jamais au même examen que le simple banquier, parce que le degré de responsabilité ne serait plus le même.

On peut même dire que dix banquiers isolés présentent une plus grande surface de sécurité qu'une banque publique formée des mêmes capitaux ayant les mêmes dix hommes pour administrateurs. De deux choses l'une, ou le formalisme administratif créerait des obligations défavorables à un certain public, ou la banque plus facile et aiguillonnée par la concurrence accepterait ce que le banquier n'aurait pas voulu. Il est bien sûr que des billets au porteur émis dans de semblables circonstances perdraient une large part de la confiance qu'on accorde à ceux qui circulent en ce moment.

Dans l'état actuel, la Banque limite ses opérations à l'escompte et aux avances sur rentes et actions. Ces affaires ne présentent aucun danger, et c'est précisément ce qui fait qu'elle inspire une confiance sans bornes. N'est-il pas permis de craindre que plusieurs banques rivales et jalouses ne se disputent les affaires et que leur désir d'entreprendre ne les porte à s'engager dans des opérations aventureuses. Il est présumable qu'elles prêteraient sous les formes les plus diverses, sur warants, sur dépôt de titres, sur délégations, peut-être même sur des marchés ou sur des exploitations futures et incertaines, comme le fit jadis une banque bien connue à Paris, qui compromit ses ressources dans une entreprise de *Roulage général* et des *Mines de soufre en Sicile*. Cette banque fut conduite à cette pente fatale par la grande abondance des capitaux venus à sa disposition contre l'émission de billets à ordre payables à un faible nombre de jours de vue.

Si on accordait à de nombreux établissements le droit de se créer un capital fiduciaire considérable, on verrait bien vite que pour utiliser ces avantages on entreprendrait toutes espèces de choses ; de même que l'oisiveté engendre les vices, l'oisiveté des capitaux engendre l'im-

prudence et la témérité ; l'irresponsabilité la seconde
par la frivolité de ses conceptions.

Il faudrait bien que, pour éviter les abus, le droit d'é-
mission fût réglé d'une façon quelconque ; ou ce serait
en proportion du capital, ou ce serait en proportion de
l'encaisse. Dans l'un comme dans l'autre cas ce serait
une erreur économique.

La banque d'émission ne doit en principe user de
son privilége que pour escompter des engagements
d'une réalisation fixe et certaine ; il faut qu'à toute heure
elle puisse en regard du chiffre de ses émissions supputer l'importance et la nature du gage, qui, par son
recouvrement assure la certitude de remboursement de
ses billets au porteur. C'est justement ce que l'on observe
dans le bilan de la Banque de France. Réduite à ce rôle,
la banque d'émission ne fait que racheter le crédit flottant, en fournissant des disponibles.

Il découle de l'observation de ce principe, que le droit
d'émission semble plutôt devoir se proportionner suivant l'importance des besoins que sur l'importance de
l'encaisse ou du capital effectif. Dès l'instant qu'il s'agit
d'une institution de cette sorte, *caisse* et *capital* sont deux
expressions synonymes ; en effet, envisageant la chose
comme si on lui donnait naissance instantanément, la
pensée perçoit que le capital se composerait du numéraire versé par les actionnaires et conséquemment ravi
à la circulation du pays en tant qu'il y en aurait une
quantité suffisante disponible, et aussitôt le fonctionné-
ment établi, ce même numéraire serait employé aux escomptes. Le capital retournerait donc vers sa source
naturelle, et si des circonstances comme celles que nous
avons déjà étudiées en réclamaient en plus grande abondance, alors la banque en question en viendrait à utiliser
son privilége d'émission pour augmenter ses moyens

d'action, ou autrement dit refaire son capital. Elle y serait même venue d'avance, afin de conserver disponible
une somme suffisante pour assurer la convertibilité des
billets déjà émis.

C'est précisément ce qui s'est passé, et c'est de ce fait
qu'est née la nécessité, ou pour mieux dire que la prudence a conseillé de faire des retenues sur les bénéfices,
afin de parer aux éventualités de l'avenir, et ces éventualités néfastes, ne s'étant pas présentées, on en est ar-
rivé, pour ne pas immobiliser une somme de numéraire
disproportionnée, à convertir ces réserves en un gage
certain, qui n'est un capital que par la valeur qu'on lui
accorde, mais qui ne pourrait en aucune façon servir au
fonctionnement journalier des opérations. Cette réserve
capitalisée que l'on évalue en regard de l'inscription
passive du capital versé est donc inerte par sa nature,
ne sert que de simple garantie et ne pourrait avoir même
d'autre mérite.

Cela équivaut donc à dire que le véritable capital
d'une banque d'émission consiste dans son encaisse et la
faculté d'émettre des billets suivant ses besoins; tout le
surplus n'est qu'une simple caution; que cette caution
soit représentée par des rentes, des immeubles, des
terres, peu importe, pourvu que ce soit un gage certain
de nature fongible dont la réalisation puisse être sup-
posée pour couvrir les dépréciations que des événements
auraient pu faire subir aux valeurs actives.

Il ressort de cette étude que le capital le plus utile à
la banque, c'est la confiance qu'elle inspire, et c'est si
vrai qu'on vient lui déposer gratuitement des fonds
inactifs et que toute la nation accepte ses billets les yeux
fermés. Mais il faut pour cela que ce capital tout d'emprunt soit représenté par un actif bien sûr et bien certain, qu'il n'inspire aucun doute, qu'il ne comporte aucun

compte litigieux, enfin qu'il ne fournisse pas l'ombre d'une inquiétude.

Il est hors de doute que, si avec le nouveau système de la pluralité et la faculté de pouvoir le faire, certains des nouveaux établissements se risquaient dans des entreprises industrielles, que sous le nom fallacieux de report ils devinssent les soutiens et les vrais commanditaires de compagnies diverses dont les actions ne seraient pas encore classées ; que, pour prendre part à des émissions d'obligations ou lancer des affaires comme on dit, ils s'en chargeassent outre mesure, et qu'ils absorbassent ainsi les titres flottants créés avec leur concours et qui pèseraient sur le marché, et qu'en échange de toutes ces valeurs impossibles à placer on émît des billets à vue, c'est alors que serait le danger. On est effrayé en songeant aux conséquences d'un tel état de choses en présence d'événements politiques susceptibles de porter atteinte à la confiance.

La diversité des types de billets serait d'abord une chose gênante et nuisible à leur emploi ; puis il faudrait, pour simplifier les rouages que toutes les banques pussent établir des rapports entre elles, admettre respectivement leurs billets à charge de compenser. Il y a même au bout de tout cela une conséquence, c'est que, pour utiliser le plus possible le droit d'émission, ces nouveaux établissements pourraient faire des arbitrages entre eux, de façon à user les billets des autres après avoir épuisé les leurs propres.

Enfin on peut conclure sur ce point :

Que, si on créait de nouvelles banques sur les mêmes statuts que celle qui existe, ce qui équivaudrait à isoler les succursales, on ne ferait que diviser sans profit une institution dont le fonctionnement admirable devrait servir de modèle à tous les États ;

Que, si on limitait le droit d'émission, on s'exposerait à violer les principes naturels qui régissent les sociétés, et quand viendraient les jours de crise, ces limites se changeraient en véritables obstacles comme en Angleterre.

Si au contraire on leur laissait une liberté absolue, cette *liberté serait peut-être plus à craindre que l'excès de prudence de la Banque actuelle.*

L'escompte deviendrait peut-être à meilleur marché pour quelques temps, mais il suffirait qu'un de ces établissements manœuvrât mal pour confondre dans sa ruine la confiance accordée aux autres.

L'état de choses actuel présente au contraire l'avantage de l'unité, on peut juger la situation de tout le pays par le bilan de la Banque, ce document est le thermomètre de la prospérité publique. Enfin, quoiqu'on en dise, on sait que le gouvernement étend sa main tutélaire sur cette institution, qu'il faudrait créer si elle n'existait pas, et ce n'est pas le moindre gage de la sécurité qu'elle inspire.

Comment faire plus hautement l'éloge des avantages que présente le système d'une banque unique ? Où trouverait-on un moyen plus souple et plus fécond ? Peu importe à notre institution actuelle l'équilibre entre ses succursales, puisque leurs rapports convergent vers un même centre qui les relie entre elles. S'il y avait plusieurs banques, elles auraient à se préoccuper des balances du crédit et nous jetteraient dans les variations inévitables du change ; ce serait nous ramener de vingt-cinq ans en arrière et rétablir l'autonomie qu'en 1840 les banques départementales demandaient qu'on supprimât. Il faudrait trouver un autre moyen de centralisation, pouvoir compenser les opérations et les découverts, demander que tous les types de billets fiduciaires pussent être acceptés ; en un mot, il faudrait sous une autre forme rétablir cette unité qui fait la force de l'institution actuelle.

Il est un moyen dont l'efficacité paraît certaine pour solliciter les capitaux disponibles à se concentrer à la Banque : ce serait de payer un intérêt sur les dépôts. Cette idée a toujours été repoussée. Le ministre du commerce disait, le 18 mars 1848 : « Que si les banques publiques payaient un intérêt, on les considérerait comme des emprunteurs et que leur crédit serait frappé de mort. » L'année dernière on disait au Sénat que la Banque ne peut faire concurrence au commerce.. »

Il est peut-être téméraire d'exprimer une opinion contraire à des réfutations si péremptoires ; mais il semble que la justice doive être la base de tous les actes.

La Banque fait ses affaires avec un fonds commercial qui provient uniquement de ses émissions et des dépôts volontaires. Son commerce assure un dividende de 20 pour 100, alors que *sa mise de fonds* est immobilisée en rentes 3 pour 100. N'est-ce pas une question d'équité que de demander que les dépositaires qui sont bien capitalistes pour une part retirent au moins le loyer pour un capital si bien utilisé.

Touchant la concurrence, on peut répondre que la Banque est d'utilité générale ; que, s'il est un moyen légitime et loyal de faire abonder l'argent dans ses caisses pour contribuer à calmer les faits qui peuvent motiver la hausse de l'escompte, il est de son devoir de l'adopter au nom de l'intérêt public. La concurrence doit être égale pour tout le monde, et c'est mettre l'intérêt public dans une situation inférieure que de se laisser primer par les nombreuses institutions fondées et qui tendent à se fonder pour utiliser les capitaux oisifs.

Toutes ces compagnies détiennent aujourd'hui des

dépôts qui forment un ensemble considérable et qui sans elles seraient en majeure partie à la Banque comme autrefois.

Question n° 28. — Nombre de signatures à exiger.

En ce qui touche le nombre des signatures pour les effets présentés à l'escompte, il serait peut-être convenable de continuer à en exiger toujours trois, parce que la légitimité de la concurrence ne permet pas que la Banque ait le monopole de l'escompte ; et d'ailleurs, en réclamant de nouvelles franchises pour les billets au porteur, en admettant qu'ils puissent être imposés à la confiance générale, on ne doit pas du même coup solliciter la suppression d'un tiers de leur garantie.

Il est juste que les commerçants se préoccupent de leurs propres intérêts en recherchant une facilité nouvelle pour leurs escomptes ; mais les billets de banque sont pour tout le monde, et pour ce motif, on ne saurait élever trop haut le degré de sécurité qu'ils doivent présenter.

Que les commerçants renchérissent leurs produits en conséquence, et la masse n'aura pas à se plaindre de payer à titre de prime d'assurance et sous cette forme indirecte l'intermission d'un troisième gage de responsabilité donné à un titre qui ne tire sa valeur que du respect que nous avons pour la foi des contrats.

Question n° 44. — Solidarité internationale.

Notre solidarité avec les autres pays est incontestable ; elle n'est peut-être pas bien grande avec ceux qui nous avoisinent ; mais elle est plus considérable avec l'Angleterre. Notre situation géographique en est la cause autant que les habitudes de ce peuple industrieux.

Nos voisins ont besoin d'envoyer souvent des capitaux en Orient. Ils choisissent la voie de Suez de préférence, et le moyen d'exécution le plus facile est sans contredit de charger des correspondants de Paris ou de Marseille de faire ces expéditions, à charge de les en couvrir. Il est certain que la cherté de l'escompte ne doit pas être un obstacle; en prenant des fonds à Marseille, ils économisent le transport depuis Londres, ce qui est une compensation plus ou moins partielle. Au surplus, le taux de l'escompte, si élevé qu'il soit, ne peut empêcher la réalisation d'opérations engagées.

En ce qui touche nos envois en Angleterre, ils sont infiniment plus restreints par les causes suivantes :

Que la nécessité de se procurer du papier étranger fait hausser les changes sur les diverses places britanniques;

Que les couvertures ne sont pas toutes faites en papier français, et que l'abondance du papier étranger chez nous y doit rendre les réalisations moins favorables ;

Qu'il faut payer une commission au banquier français intermédiaire ;

Qu'il faut payer le transport des espèces;

Que ces espèces n'ayant pas cours de l'autre côté du détroit, n'y sont prises que pour leur valeur intrinsèque et peuvent, suivant le cas, subir un nouveau change.

Un écart de 4 pour 100 par an entre les deux places de Londres et de Paris ne correspond qu'à 1 pour 100 pour le papier à 90 jours. Si l'on additionne toutes les causes onéreuses ci-dessus signalées et qu'on fasse la balance, on verra qu'une si grande disproportion, existât-elle entre les deux places, ne devrait laisser qu'un faible profit. On ne saurait dire qu'il y ait impossibilité absolue ; mais les obstacles sont nombreux, comme on le voit.

QUESTION n° 24. — Modification à apporter dans le fonctionnement de la banque.

Enfin, sans qu'il soit besoin d'entrer dans des détails plus grands, il est incontestable qu'à certains moments donnés, et notamment par Marseille, il peut y avoir profit à nous enlever notre numéraire; et comme nous ne pouvons pas l'empêcher, il convient d'en régler l'exercice sous la forme la plus équitable. N'est-il pas plus logique de faire payer une prime à ceux qui ont à satisfaire ces besoins d'exportation plutôt que d'élever le taux de l'escompte pour toute la nation. Mais les commerçants qui reçoivent et donnent des billets de banque au même titre que s'ils étaient en métal, n'ont rien à voir dans la cherté de l'argent, puisqu'ils s'en passent. Pourquoi la Banque fait-elle payer un intérêt plus élevé en se fondant sur la rareté de ce métal, puisque, à son lieu et place, elle donne des billets qui ne lui coûtent rien et qu'elle crée à volonté? *C'est parce que les billets sont convertibles en espèces.* N'est-il pas possible de supprimer cette faculté, de la rendre conditionnelle en donnant le cours légal aux billets. La Banque, n'ayant plus à se préoccuper de l'importance de son encaisse, pourrait laisser s'accomplir les événements, venir en aide aux crises en fournissant à la circulation l'appoint modérateur autant que les circonstances l'exigeraient. Qu'elle soit, comme elle l'est, le seul juge compétent pour surveiller les tendances du pays, les demandes de l'exportation et la solidarité qui nous lie aux autres peuples; et lorsqu'il lui apparaîtrait utile de serrer le frein au lieu d'élever son escompte, qu'elle soit autorisée à fermer ses guichets et à ne rembourser ses billets que moyennant une prime variable suivant les circonstances qui l'auraient motivée.

Ainsi se trouverait justifiée cette vérité laissée par la plupart des économistes à l'état de théorème, que l'argent est une marchandise. Et comme, après tout, on peut s'en passer jusqu'à certaine limite, ce seraient ceux qui en auraient besoin qui le payeraient.

Ce serait se faire une fausse idée de la vérité que de

croire que l'usage d'une telle faculté entraînerait la ruine du pays, comme l'ont soutenu des orateurs et des écrivains d'un mérite incontesté ; on peut dire, au contraire, que la prime, substituée à l'élévation de l'escompte, serait le moyen le plus efficace pour protéger la richesse monétaire, que le cours légal, loin de s'entendre dans le sens absolu de l'expression, doit être considéré comme la conséquence logique de l'usage facultatif de la convertibilité, que l'exercice de cette suppression temporaire serait assimilable à une échelle mobile, et qu'en tous cas les émissions résultant d'un tel droit ne ressembleraient en rien au papier monnaie. Enfin, si on voulait admettre que la Banque abusât de cette extension de son privilége, comme il est constant que ce n'est point par la voie habituelle de ses échanges qu'elle pourrait tomber dans des écarts, mais bien en devenant trop complaisante envers le Trésor, on est forcément conduit à convenir que ce n'est pas dans un pays comme la France, où la liberté domine, où la Banque, comme le gouvernement, soumettent leurs actes et leur comptabilité au contrôle de l'opinion publique, qu'on peut croire que les abus, fussent-ils possibles, passeraient inaperçus.

QUESTION n° 38. — Limite du taux de l'intérêt.

Il semble que cette nouvelle application entraîne avec elle la limitation fixe d'un taux d'escompte régulateur ; aussi convient-il d'en dire quelques mots.

Ce que l'on qualifie du nom générique d'*intérêt* comprend deux opérations distinctes : 1° l'intérêt sur le prêt direct, prêt fait le plus souvent pour consommer. C'est alors le véritable loyer augmenté de la prime de risque. 2° L'escompte qui n'est autre chose qu'une opération de commerce. A l'inverse du prêt direct, qui offre souvent de l'incertitude sur la libération, l'escompte, au contraire, est fondé sur la ponctualité et la certitude de l'exécution. De même qu'on achète des lingots ou des choses fongibles, on achète des lettres de change et des billets de commerce. Le banquier vend ses disponibles à un taux convenu, parce qu'il sait pouvoir les remplacer à meilleur marché; il n'a en vue que la différence qui fait son bénéfice. Si aventureuse que paraisse l'opinion, nous affirmons qu'il n'y a pas un banquier qui ait conscience de *prêter* à son client, quand il lui escompte des valeurs, il fait au contraire une affaire ferme qui ressemble bien plus à un marché à livrer qu'à une location; et d'ailleurs le banquier paye patente comme un marchand d'or. Cette définition conduit à réclamer la liberté entière pour un commerce qui ressemble à tous les autres.

Après avoir étudié les causes qui déterminent l'extensibilité ou la contractibilité des besoins de capitaux, après avoir vu que le billet de Banque a été créé pour parer à ces variations, il semble en effet que, dès son apparition, il eût dû amener la constance dans le taux de l'escompte en supprimant la rareté. C'est très-vrai, en tant qu'il s'agit de nos besoins intérieurs, et si la pratique n'a pas sanctionné exactement cette vérité, cela tient d'abord à ce que, pour ménager les préjugés populaires, on a été sobre dans l'emploi de la monnaie de papier, qu'ensuite on ne s'est peut-être pas suffisamment rendu compte des phénomènes de la circulation, et qu'attribuant toujours la dépression des encaisses à l'exportation, on n'a vu que ce dernier fait à combattre par la hausse de l'escompte.

En proposant la prime mobile, nous signalons une arme nouvelle d'un usage pratique; or la difficulté de l'exportation étant ainsi écartée, nous nous retrouvons en face des seuls besoins de l'intérieur.

Quel inconvénient y aurait-il à adopter une base fixe ou un maximum en rapport avec nos usages et nos relations internationales?

Si l'Angleterre escomptait à 12 pour 100 et nous à 4 pour 100, que la convertibilité du billet coutât une prime faisant exactement le contre-poids du bénéfice de l'exportation, où serait l'obstacle? En ce cas, le cours forcé fonctionnerait, le commerce se ferait tout avec du papier, les petites coupures en faciliteraient l'usage, l'or et l'argent feraient prime, la Banque aurait forcé son émission en retirant les espèces de la circulation, et serait ainsi la gardienne de notre trésor métallique. Tout le monde le saurait et le jugerait. Où serait l'obstacle?

On voit bien que la nécessité nous a portés à donner aux métaux précieux une valeur fixe et immuable en aprence. Mais cette fixation n'est qu'un point de repère général qui n'empêche pas le jeu d'une prime qui peut se calculer en plus ou en moins. Il en serait de même pour l'intérêt. La légitimité de l'intérêt étant admise dans nos mœurs comme une des bases du contrat social, quelque liberté qu'on lui donne, la loi, en sanctionnant sa pratique, doit bien fixer une limite quelconque pour le cas où il ne serait pas intervenu de convention directe. Suivant les moments, ce serait un minimum ou un maximum. Comment donc concilier ces deux pensées? Imposer une limite en certains cas, et dire qu'il est impossible de la fixer dans d'autres. Est-ce une utopie que de comparer la question de l'intérêt à celle des variations qui se produisent sur la valeur vénale de l'or et de l'argent? Où serait dont l'embarras à ce qu'il fût adopté une base fixe ou même variable, en raison des considérations internationales, ou en proportion de la réserve métallique, qui flotterait entre 2 et 5 pour 100? Que les contradicteurs veuillent bien se donner la peine de creuser la question, de la méditer avec le soin qu'elle comporte et de définir comment les inconvénients se produiraient dans la pratique.

En définitive, si on veut dire que l'intérêt n'est que le loyer du capital, que ce loyer est susceptible, comme tout autre, de varier suivant les besoins, sans nier l'évidence de cette loi naturelle, nous ne cherchons que le moyen d'en tempérer les effets.

Dans un de ses écrits, M. J. B. Say comparait l'argent à des voitures : il disait que, si on en mettait en service plus que ne le comportent les besoins de la population, l'excédant inoccupé serait bien obligé d'aller chercher de l'ouvrage dans d'autres localités. Mais, supposons une crise de voitures : il éclate un orage et tout le monde les envahit, les derniers arrivés n'en peuvent plus trouver et s'en passent, bien entendu ; ils donneraient bien deux fois le prix convenu, mais impossible, il n'y en a plus. Si on pouvait faire sortir aussitôt des tapissières provisoires, chacun en userait pour rentrer au logis : après cela les tapissières inutiles rentreraient à la remise.

Est-ce que les fiacres auraient été préjudiciés de ce supplément de service ? Est-ce que l'administration se serait crue fondée à renchérir leur loyer ? Est-ce que les tapissières n'auraient pas été l'élément compensateur pour parer la crise ? Cette comparaison est trop transparente pour qu'on n'y voie pas le récit exact des crises financières et la variation du taux de l'intérêt.

CONCLUSION

Toute cette étude nous conduit à cette conclusion générale : que les crises sont le résultat de circonstances naturelles, supérieures à notre volonté et à notre pouvoir; qu'elles viennent d'elles-mêmes et s'apaisent d'elles-mêmes; que la Banque, en imposant des restrictions, ne fait qu'ajouter aux embarras; que le meilleur aide qu'elle puisse donner, c'est de fournir à l'escompte par un sur-croît de son papier d'émission en l'absence des capitaux disponibles, de même que les marins parent un coup de vent en lâchant de la voile. Mais pour fournir ce secours momentané il ne faut pas qu'elle soit enchaînée dans les limites de son encaisse, ce qui conduit naturellement à la faculté conditionnelle de la convertibilité des billets, et à leur cours légal, afin que durant ces périodes transi-toires le pair de la valeur qu'ils représentent ne puisse être altéré. Tôt ou tard il faudra venir à l'exécution de ce moyen, il vaut mieux que son adoption sorte solen-nellement de la discussion, qu'il soit un nouveau rayon de lumière qui luise jusque dans les couches les plus inférieures de la société, plutôt que d'attendre que des circonstances l'imposent et lui donnent l'apparence d'une mesure révolutionnaire.

Avant de terminer cet aperçu, permettez-moi, Mon-sieur le Président, de protester d'avance contre toute interprétation qui pourrait être donnée à mon langage pour le présenter comme une critique de l'ordre de choses existant. Je suis au contraire du nombre de ceux qui savent apprécier les services rendus; j'ai assez sou-vent pu me convaincre des difficultés que comporte une simple administration particulière pour savoir que les gens sensés doivent un tribut de remercîments à ceux, qui, en outre de l'honneur qu'ils en retirent, veulent bien prendre en main la direction et les soucis des inté-rêts publics.

Paris, 31 mars 1865.

Bilan de la Banque d'Angleterre au 6 janvier 1864.

PASSIF.

	Liv. St.	Francs
Billets émis.	28,164,280	704,107,000

ACTIF.

	Liv. St.	Francs
Dette du gouvernement; rentes.	11,015,100	275,377,500
Autres valeurs.	3,634,900	90,872,500
Espèces et lingots.	13,514,280	337,107,000
Lingots.	»	»
	28,164,280	704,107,000

(ÉMISSION.)

PASSIF.

	Liv. St.	Francs
Capital.	14,553,000	363,825,000
Reliquat, réserve.	3,306,816	82,670,400
Dépôts publics, Trésor.	10,001,982	250,049,550
Dépôts comptes courants.	13,052,604	326,315,000
Billets à 7 jours.	604,044	15,101,100
	41,518,446	1,037,961,150

ACTIF.

	Liv. St.	Francs
Valeurs du gouvernement, Trésor.	10,957,330	273,933,250
Autres valeurs en portefeuille. .	22,432,623	560,815,575
Billets	7,446,000	186,150,000
Espèces d'or et d'argent.	682,493	17,062,325
£	41,518,446	1,037,961,150

(DÉPARTEMENT DE L'ESCOMPTE.)

Bilan de la Banque d'Angleterre au 6 janvier 1864.

ACTIF.

Caisse, y compris la caisse des émissions et celle de l'escompte.	354,919,325	
Portefeuille.	560,815,575	915,734,900

Compte débiteur de l'État :

Solde de compte courant (Trésor). . . .	273,933,250	
Dette nationale mobilisée en 1844 par la création des banknotes. 275,377,500		
Autres valeurs comprises dans la même disposition légale. 90,872,500	366,250,000	640,183,250

F.   1,155,918,150

PASSIF.

Billets en circulation :

1° Contingent fixé par la loi de 1844.	366,250,000	
2° Émissions contre espèces.	337,857,000	
3° Billets à 7 jours de vue.	15,101,100	
	719,208,100	

A défalquer :

Les billets rentrés qui figurent disponibles au départ. de l'escompte. .	186,150,000	533,058,100	
Comptes courants des particuliers.		326,315,100	859,373,200

Capital des actionnaires.	353,825,000	
Reliquat (sans doute la réserve).	82,670,400	
Compte courant créditeur du Trésor, caisses d'épargne et dépôts publics...	250,049,550	696,544,950

F.   1,555,918,150

Bilan de Banque de la France au 14 janvier 1864.

ACTIF.

Espèces et lingots...................	169,027,010	
Portefeuille......................	752,202,848	
Avances diverses garanties...........	132,242,050	1,057,122,853
Divers...........................	3,550,945	

Compte de l'État :

Avance du 10 juin 1757..	60,000,000		
Rentes de la réserve....	12,980,750	210,068,111	
Rentes disponibles.	37,087,361		
Rentes immobilisées. ...	100,000,000		220,087,837
Immeubles et mobilier de la Banque...........	9,993,150	10,019,726	
Dépenses d'administration.	26,576		

F.   1,277,210,690

PASSIF.

Billets en circulation...	813,490,825		
Billets à ordre et comptes courants, etc., et créanciers divers.........	181,893,187	1,008,545,641	1,058,304,716
Divers..............	13,161,629		
Compte courant du Trésor.........	49,759,065		
Capital.......................	182,500,000		
Réserves......................	29,425,637	218,905,974	
Escompte et réescompte...........	6,980,337		

F.   1,277,210,690

Situation comparée de la Banque d'Angleterre et de celle de France.

---

6 janvier 1864

BANQUE D'ANGLETERRE..

Caisse.

Il y avait en caisse. . . F. 354,919,325
sur lesquels le département
de l'émission retenait en garantie des billets émis ou
disponibles. 337,857,000

Libre. . . 17,062,325

Billets en circulation.

La loi de 1844 a fixé la circulation
d'une façon absolue à £ 14,650,000, soit
F. 366.250,000, moyennant l'apport en
garantie de la dette du gouvernement
ainsi mobilisée ; il n'est donc pas besoin
que ces billets soient cautionnés par la
moindre réserve métallique.

Toute émission supplémentaire, n'étant
faite que contre espèces, se réduit à la
substitution pure et simple du papier au
métal.

On voit ainsi un encaisse de 354,919,325
qui sert de garantie à :

1° Émission supplémen-
taire. 337,857,000
2° Billets 7 j.
de vue. 15,101,100

352,958,100
sur lesquels il
était rentré et
tenu dispon. . . 186,150,000 166,808,100

Excédant de garantie. . 188,111,225
C'est-à-dire que la Banque tenait hors
du courant 188 millions de numéraire
pour se cautionner à elle-même les billets
qu'elle gardait en réserve à la disposition
du public, et c'est en raison de la rareté
provoquée en partie par son fait qu'elle
élevait l'escompte à 8 0/0.

Portefeuille.

Si on suppose qu'à Londres les effets
soient , comme à Paris , d'une échéance
moyenne de 45 jours, la recette journalière
peut être évaluée environ à 12,684,790 fr.

---

14 janvier 1864.

BANQUE DE FRANCE.

Caisse.

Solde en caisse tant à Paris que dans
les succursales. 169,027,101
Mais la disponibilité n'était
que nominale, puisque cette
somme était jugée insuffi-
sante.

Billets en circulation.

En France , le total de la circulation
s'élevait à. . . . . F. 813,490,825
Par contre, la réserve métallique était de (21%). . . 169,027,010

Le mouvement du numé-
raire trouvait donc un se-
cours de. 644,463,815

Portefeuille.

Le même calcul donne ici 16,715,39 .
On pourrait être frappé de la disproportion qui existe entre les services rendus
par les deux banques ; en effet,

A Paris, le portef. est de 752 millions.
A Londres il est de.. . . 560

En moins. . . 192 = 26 0/0
Mais il faut tenir compte qu'en France
il n'y a qu'une banque, et qu'en Angleterre il y en a plusieurs.

Avances.	Avances.
Néant.	Ce chapitre était porté au bilan pour F. 132,212,050. On sait que les avances ne sont que de 60 0/0; mais, comme tous les comptes n'atteignent pas cette limite, on peut en moyenne évaluer le gage au double de la somme prêtée.

Responsabilité de l'Etat.

Débit :

Dette mobilisée en 1844. F.	275,377,500
Autres valeurs id.	90,872,500
Solde débiteur du compte courant.	273,933,250
	640,183,250

Crédit :

Solde créditeur des caisses publiques.	250,049,550
Solde débiteur. . .	390,133,000
Si on le crédite de l'émission à cours légal, cautionnée en 1844, qui est assimilable à des bons du Trésor.	366,250,000
Reste un solde débiteur.	23,883,700

Responsabilité de l'Etat.

Débit :

Avance de 1857. . . . . . F.	60,000,000
Rentes de la réserve. . . .	12,980,750
Rentes disponibles	37, 87,361
Rentes immobilisées.	100,000,000
	210,068,111

Crédit :

Solde du compte courant créditeur.	49,759,065
Solde débiteur. . .	160,309,046

On arrive ainsi, en dégageant la circulation garantie par l'État, à reconstituer le bilan de la Banque d'Angleterre sous une forme assez remarquable.

ACTIF.		PASSIF.	
Caisse.	354,919,325	Billets au porteur.	166,808,100
Portefeuille.	560,815,575	Comptes courants	326,315,100
Solde du compte de l'État. .	23,883,700	Capital. - . . . 363,825,000 Réserve. . . . 82,670,400	446,495,400
	F. 939,618,600		F. 933,618,600

Il est donc bien constant que, si cette institution a l'apparence d'une banque d'émission, elle n'en remplit nullement les effets, et le crédit public ne trouve aucun secours dans l'application de ces principes rigides et inflexibles qui détruisent au contraire le caractère essentiellement pondérateur et extensible des émissions fiduciaires. Et ce n'est pas une moins grande erreur que d'avoir séparé l'émission de l'escompte parce que ce dernier département est tenu d'avoir à sa disposition des billets payés en espèces avant d'être émis et formant ainsi un stock ravi sans utilité au courant de la circulation métallique.

FIN

Paris. Imprimerie de A. PARENT, rue Monsieur-le-Prince, 31.

PARIS. — Typographie A. PARENT, rue Monsieur-le-Prince, 31.

www.ingramcontent.com/pod-product-compliance
Lightning Source LLC
Chambersburg PA
CBHW070813260626
47161CB00006B/2269